Charlie
Auf der Spur des Seemonsters

Susanne Oswald

Charlie

Auf der Spur des Seemonsters

Planet Girl

⋆* Wo soll es hingehen? *⋆

Zuckerwatteklebehände.

Ich liebe Zuckerwatte, aber die Kleberei kann ich echt nicht leiden. Bäh. Nicht nur die Hände, auch der Mund, die Nase und sogar meine Haare hatten Zucker abbekommen.

»Und jetzt fahren wir Geisterbahn!«, rief Eve und hüpfte von einem Bein aufs andere. Wir schlenderten über den Jahrmarkt, ließen uns die Sonne auf die Nasen scheinen und genossen den Trubel.

Obwohl Eve auch Zuckerwatte gegessen hatte, war bei ihr gar nichts klebrig. Während ich an meinen Fingern und so weit wie möglich um meinen Mund herumleckte, um mich irgendwie von dem süßen Zeug zu befreien, klatschte sie zuckerwatteklebefrei und voller Tatendrang in die Hände.

Mein Charlieteufelchen wollte schon Eifersucht hochkochen lassen, aber da stupste Mama mit dem Zeigefinger gegen meine Nase, die auch Zuckerwatte abbekommen hatte.

»Ich glaube, wir müssen erst mal an den Brunnen, sonst klebt Charlie am Ende auf dem Sitz fest«, neckte sie mich und schleckte ihren Finger ab. »Hm, lecker.« Sie beugte sich zu mir rüber und tat so, als wolle sie mich auffressen. Ich kiekste und machte einen Satz rückwärts.

Tja, Aschenputtel schmeckt eben zum Anknabbern süß.

Und um ehrlich zu sein, war mein Leben neben meiner Fast-Stiefschwester Eve nicht mit dem von Aschenputtel zu vergleichen. Mir ging es primaprächtig und Eve war ziemlich okay – meistens jedenfalls. Auch wenn sie sich manchmal wie eine Prinzessin aufführte.

Eine Prinzessin ohne Klebehände!

Dafür konnte ich immer noch viel schneller auf Bäume klettern und ihre ersten Holz-Schnitzversuche taugten allenfalls für ein gemütliches Kaminfeuer.

Eigentlich wollte sie mir die Bezähmung meiner Locken beibringen und ich ihr Schnitzen. Weil wir uns bisher aber beide als vollkommen talentfrei erwiesen hatten, flocht sie mir jetzt immer wieder tolle Frisuren und ich schnitzte ihr dafür Tierfiguren.

Und trotzdem. So ein bisschen ging sie mir manchmal schon auf die Nerven. Mama und Eve verstanden sich total gut und ich fühlte mich wie das fünfte Rad am Wagen, wenn sie miteinander in einer Zeitschrift blätterten und über die Stars kicherten, sich über Justin Biebers Liebesleben ausließen oder Kylies neue Frisur bewunderten.

Dieses ganze Stargedöns war doch stinklangweilig.

Ich grinste Eve an.

»Geisterbahn?«, fragte ich. »Ausgerechnet du? Wenn ich daran denke, wie du vor Angst gezittert hast, als wir einem gewissen Schlossgespenst auf den Fersen waren.«

Eve streckte mir die Zunge raus, aber sie lachte dabei.

»Gib nicht so an«, konterte sie. »Wenn ich das noch richtig weiß, haben deine Knie mindestens so sehr geschlottert wie meine.«

»Und gemeinsam habt ihr es trotzdem geschafft«, setzte Mama den Punkt hinter das Thema. »Meine zwei schlauen Mädels.« Sie schnappte sich Eve mit dem rechten und mich mit dem linken Arm und steuerte zum Kettenkarussell. »Kommt, es scheint so herrlich die Sonne, da verkriechen wir uns nicht bei Plastikgeistern. Und so toughe Gespensterjägerinnen, wie ihr es seid, würden über den Möchtegernspuk doch ohnehin nur lachen.«

Damit hatte sie natürlich vollkommen recht. Seit wir auf Schloss Wolkenturm das Schlossgespenst gejagt und dabei mehr versehentlich als gewollt einen Dieb zur Strecke gebracht hatten, konnte uns nichts mehr so leicht schrecken.

Wenn wir uns nicht gerade kabbelten, waren Eve und ich inzwischen ein ziemlich gutes Team. Wir hatten schon einige Abenteuer zusammen durchgestanden.

»Super!« Ich ging zum Brunnen, der direkt neben dem Karussell vor sich hin plätscherte, und schöpfte mit beiden Händen Wasser in mein Gesicht und hinter die Ohren. Wie um aller Klebeteufel willen war die Zuckerwatte nur bis dorthin gekommen? Ich wischte die nassen Hände an meiner Jeans ab und rief: »Fertig, es kann losgehen!«

»Nehmt ihr mich auch mit?«, tönte Bernhards Stimme zwischen den Gesprächsfetzen um uns herum hindurch.

»Da bist du ja.« Mama gab ihm einen Kuss und streichelte mit der Hand über seine Wange. »Du kommst genau richtig.«

Mama hatte es echt erwischt. Bernhard war aber auch ziemlich okay. Wenn ich daran zurückdachte, wie ich mich anfangs gegen ihn gewehrt hatte.

Na ja, nicht nur gegen ihn.

Eigentlich wollte ich überhaupt keinen Mann in unserem Leben. Und schon gar keinen mit einer Ich-kann-einfach-alles-Prinzessin im Schlepptau.

Echt ätzend!

Zum Glück hatte ich meine Meinung inzwischen etwas geändert, sonst wäre mein Leben die Hölle – denn immerhin lebten Bernhard und Prin- äh, Eve seit einiger Zeit mit uns zusammen.

Natürlich hat Bernhard irgendwann mitbekommen, dass ich ihn anfangs immer Professor Hampelpampel genannt habe, aber er war überhaupt nicht beleidigt. Im Gegenteil! Er hat geschmunzelt und gemeint, das klinge doch eigentlich ganz sympathisch.

Jetzt lächelte er Mama an und machte ein zerknirschtes Gesicht. »Tut mir leid. Ich wollte schon früher da sein, aber ich musste noch schnell einen Zwischenstopp einlegen. Ich habe eine Überraschung für euch.« Er tippte auf seine Brusttasche und zwinkerte uns zu.

Eve und ich wurden sofort hellhörig.

Mama strahlte. »Ich liebe Überraschungen«, sagte sie und gab Bernhard gleich noch einen Kuss.

»Eine Überraschung?«, fragte Eve. »Papa, los, sag schon, was ist es?« Sie klammerte sich an seinen Arm und hüpfte ganz unprinzessinnenhaft auf der Stelle.

Aber Bernhard schüttelte den Kopf.

»Wenn ich es sage, ist es ja keine Überraschung mehr. Los, ich will jetzt Karussell fahren.«

Eve zog einen Flunsch, aber Bernhard ließ sich nicht beeindrucken. Er schob sie ohne weitere Erklärungen zum Kartenhäuschen.

Ich überlegte. Eine Überraschung. Was konnte das sein?

Vielleicht ein Hund? Nein.

Ich schob die Idee gleich wieder zur Seite. Haustiere kamen für uns nicht in Betracht, das hatten wir eingehend diskutiert. Solange Eve und ich immer wieder mit auf Forschungsreisen gehen durften, hatte ein Tier in unserem Leben einfach keinen Platz. Obwohl ich Tiere über alles liebte. Oder gerade deswegen. Ich brachte es nicht übers Herz, einen Hund wochenlang in eine Tierpension zu geben, während ich die Welt eroberte. So egoistisch wollte ich nicht sein.

Mama und Bernhard waren nämlich Archäologen und oft auf Forschungsreisen unterwegs. In den Ferien durften Eve und ich sie meistens begleiten.

Irgendetwas an meinen Gedanken hielt mich gefangen. Als ob dort ein Hinweis auf die Überraschung zu finden wäre.

Aber ich kam nicht drauf.

Als das Karussell schneller und schneller wurde, meine Haare im Wind flogen und die Schmetterlinge in meinem Bauch tanzten, vergaß ich das Grübeln. Ich lachte laut, genau wie die anderen, und genoss den kribbeligen Schwindel, der mich erfasste.

Müde und gut gelaunt saßen wir eine Stunde später in einem Biergarten. Obwohl ich neben der Zuckerwatte auch noch gebrannte Mandeln und einen Liebesapfel genascht hatte, fand sich in meinem Bauch doch noch Platz für den Obatzten, der mit Brezel und Rettich serviert wurde. Ich liebte diesen gewürzten Käsepamps, wie Eve das Gericht naserümpfend nannte. Sie blieb lieber bei Leberkäse.

»Vielleicht würde euch ja auch ein Stück Haggis schmecken?«, meinte Bernhard.

Haggis? Was sollte das denn sein? Irgendwie kam es mir bekannt vor, nur woher?

Ich schaute zu Bernhard rüber. Er hatte das Gesicht über seine Brezel gebeugt, aber mir schien, als würde er ziemlich erfolglos versuchen, nicht zu grinsen.

»Oh!«, entfuhr Mama ein leiser Schrei. »Hast du etwa …?« Sie schlug sich die Hand vor den Mund.

Aha.

Mama hatte anscheinend kapiert, was es mit diesem ominösen Haggis auf sich hatte. Ich hatte immer noch null Plan.

Bernhard fing an, vor sich hin zu summen.

Hey! Das kannte ich doch. Das war so eine Melodie, so eine – ich grübelte, was war es nur?

Und dann lüpfte der Schotte den Rock!

Es war ein Reel. So nennt man schottische Volksmusik. Das wusste ich, weil Eve und ich totale Schottlandfans waren und uns schon jede Menge Filme und Bücher über das Land angeschaut hatten. Aber wir waren noch nie dort gewesen.

Nur in unserer Fantasie. Schottland? Haggis?

Natürlich wusste ich, was Haggis ist! Irgendwas mit Innereien im Schafsmagen oder so.

Das bekannteste Essen Schottlands.

Das bekannteste und das schaurigste wohlgemerkt.

Das Wort klang toll, aber damit hatte es sich auch schon. Probieren würde ich Haggis nicht wollen. Nie und nimmer!

Und dann ratterten meine Rädchen und eins und eins wurden zwei. Mensch, Charlie, du schlaffer Dudelsack, schimpfte ich mich selbst und hüpfte im nächsten Moment in die Höhe.

»Fahren wir etwa nach Schottland?«, rief ich etwas zu laut. Die vielen Leute, die sich nach mir umdrehten, ignorierte ich. Mir doch egal. Sollten sie ruhig schauen. Ich würde auch bald schauen. Und zwar anschauen. Schottland, live und in Farbe. Oder?

Bis jetzt hatte Bernhard noch nichts gesagt. Er hatte überhaupt nicht reagiert. Was um aller Schotten willen konnte an seiner Brezel so interessant sein, dass er sie immer noch anstarrte?

Eves Blick hüpfte zwischen Bernhard, Mama und mir hin und her. Ihr Mund ging auf und zu, aber es kam kein Ton raus.

Endlich – ich hatte echt schon Angst, ich müsste vor Spannung platzen – hob Bernhard den Kopf und lachte. Er zog zwei Prospekte aus seiner Brusttasche.

»Nachdem Eve und Charlie ständig nur von Schottland reden und du, meine Liebe, gestern gesagt hast, wie gerne du dort einmal Urlaub machen würdest, dachte ich: wieso eigentlich nicht gleich dieses Jahr? Und hier – bitte schön«, Bernhard legte die bunten Werbebroschüren auf den Tisch, »einmal Schottland für die Damen.«

»Und den Herrn«, ergänzte Mama. »Oder willst du zu Hause bleiben?«

»Für kein Geld der Welt. Ich kann meine bezaubernde Frau doch nicht alleine lassen.«

Er nahm ihre Hand und küsste sie.

Wuä. Was für ein Geschnulze. Die beiden wurden echt immer schlimmer. Und wieso überhaupt Frau?

Sie waren doch gar nicht verheiratet. Lag da etwa was in der Luft?

Widerstand regte sich in mir. Aber es blieb keine Gelegenheit nachzuhaken, denn Eve blätterte bereits und stieß Freudenschreie aus.

»Da will ich hin!«, rief sie und tippte auf ein Bild mit Sandstrand und Meer.

Ich schaute drauf und schüttelte den Kopf.

»Wer will denn an den Strand, wenn er nach Loch Ness kann?«, fragte ich und schob den Prospekt mit Bildern vom See zu ihr. »Hier, schau. Ich sage nur: Nessi!«

Dabei spürte ich das vertraute Kribbeln. Genau so fühlte es sich an, wenn ein Abenteuer in der Luft lag.

»Aber überleg doch mal. Am Strand liegen, sonnenbaden, Sandburgen bauen, in den Wellen toben …« Eve seufzte. »Ach, wenn wir nur schon dort wären.«

»Überleg du doch«, widersprach ich ihr. »Geheimnisse erkunden, auf der Lauer liegen, Nessi entdecken!« Vor lauter Aufregung wurde ich schon ganz hibbelig. »Das wird fantastisch. Immer nur Strand wäre doch langweilig.«

»Immer nur Nessi ist auch langweilig. Wir müssten beides haben.« Eve überlegte. »Aber auf jeden Fall viel Strand«, sagte sie und ich sagte im selben Moment: »Aber auf jeden Fall viel Nessi!«

Wir lachten. Schien so, als könnten wir uns nicht einig werden.

»Was meint ihr denn?«, fragte ich Mama und Bernhard.

»Mir würde es am Loch Ness gefallen«, sagte Bernhard, ohne lange zu überlegen. »Da hat man auch Wasser und das Abenteuer gleich inklusive.«

Tja. Der Mann verstand mich eben.

Ich grinste triumphierend zu Eve rüber. Doch da mischte sich Mama ein.

»Wasser schon«, sagte sie. »Aber eben kein Meer. So am Strand liegen, wenn die Wellen ans Ufer rollen, die Möwen über den Fischerbooten ihre Kreise ziehen und die Sonne am Abend langsam im Wasser versinkt. Manchmal habe ich dabei den Eindruck, man könnte es zischen hören, wenn es ganz still wäre.« Mama fixierte ein Kastanienblatt, das gerade auf unseren Tisch geschwebt war, und sah sehr verträumt aus.

Jetzt war es an Eve, mich triumphierend anzugrinsen.

»Oje.« Bernhard seufzte. »Mir scheint, wir haben ein Problem.«

»Ja.« Ich stimmte ihm zu. »Oder genauer gesagt: Wir haben zwei Probleme.« Als er mich fragend anblickte, erklärte ich es. »Erstens müssen wir Mama beibringen, dass die Sonne abends nicht ins Wasser fällt, und zweitens müssen wir Mama und Eve überzeugen, dass es am Loch Ness viel schöner ist als am Strand. Wir können ja zwischendurch einen Küstentag einlegen«, ergänzte ich großzügig.

»Und wie wäre es, wenn Bettina und ich euch überzeugen, dass es am Strand viel besser ist? Schau mal, Inverness scheint echt ein schönes Städtchen zu sein, wir müssten also nicht nur in der Sonne liegen.«

Hätte ich mir ja denken können. So leicht ließ sich Eve nicht von ihrer Meinung abbringen.

So saßen wir zu viert in dem Biergarten unter der Kastanie. Jeder grübelte vor sich hin.

»Ich hab's!«, rief ich, als der Geistesblitz durch meinen Kopf schoss. Die Blicke aus drei Augenpaaren fixierten mich. Ich wartete, sie sollten noch ein bisschen zappeln, Spannung muss sein!

Dann ließ ich den Dudel aus dem Sack. »Wir machen ein Rätsel. Mama und Bernhard müssen gegeneinander antreten und der Sieger bestimmt das Reiseziel. Ganz einfach.«

»Hm, ja, das könnte klappen«, sagte Bernhard, nachdem er einen Moment über meinen Vorschlag nachgedacht hatte. »Und kein Gemurre. Egal wer gewinnt. Einverstanden?«

»Einverstanden«, sagten Eve und ich stereo.

Mama nickte.

Eve und ich zogen uns an einen anderen Tisch zurück und beratschlagten, was für ein Rätsel wohl infrage käme. Wir einigten uns auf ein Silbenrätsel. Wobei ich darauf bestand, dass es nicht nur ein Silben- sondern eher ein Wortfetzenrätsel sein sollte. Sonst wäre es zu einfach. Natürlich gab es noch mal eine Diskussion, bis wir uns auf ein Wort einigen konnten. Aber dann war es so weit.

Eve schrieb in weit auseinanderstehenden Druckbuchstaben das Wort auf ein Stück Papier und wir rissen es vorsichtig in einzelne Schnipsel. Die breiteten wir dann vor Mama und Bernhard auf dem Tisch aus und warteten gespannt.

Die beiden beugten sich konzentriert über den Buchstabensalat.

»Ich hab's«, rief Mama schon nach kurzer Zeit und klatschte vor Freude in die Hände. »Erste! Ich weiß es! Wir fahren an den Strand!« Sie jubelte und küsste uns der Reihe nach ab.

»Moment!«, protestierte ich. »Erst musst du sagen, was es für ein Wort ist. Vielleicht stimmt es ja gar nicht.«

Urlaubsortbestimmungsrätsel

Colonock

»Mit dem Flugzeug ist es ein Katzensprung nach Schottland. Wir sind im Handumdrehen dort, ihr werdet sehen.«

Genau das hatte Bernhard gesagt. Und jetzt?

Von wegen Handumdrehen! Sechs Stunden waren wir schon unterwegs, weil der Flieger Verspätung hatte. Irgendein technisches Problem. Primaklasse. Echt.

Besonders lustig natürlich, wenn man eine Panikprinzessin neben sich sitzen hat. Bei jeder kleinen Turbulenz kreischte sie und klammerte sich so an Bernhards Arm fest, dass der bestimmt blaue Flecken kriegen würde.

Früher hatte Eve nie Flugangst gehabt, erst seit sie einen Bericht über einen Flugzeugabsturz gesehen hatte.

Sag ich doch: Zu viel Fernsehen macht matschig im Oberstübchen. Hätte sie mir in der Zeit mal lieber geholfen, mein Baumhaus zu verschönern, dann müsste sie jetzt nicht durchdrehen.

Mit einem Seufzen wandte ich mich von Eve ab und versuchte, das Nervenbündel neben mir zu ignorieren.

»Wie wäre es mit einem Kartentrick?«, fragte Bernhard.

Da war ich sofort dabei und dachte an den Trick mit den drei Ganoven, den er mir auf dem Flug nach Tasmanien beigebracht hatte.

Mal sehen, was er dieses Mal auf Lager hatte.

Bernhard mischte und fächerte die Karten in seiner Hand mit der Bildseite zu mir auf. Ich beobachtete jede seiner Bewegungen. Eve hatte keine Lust, die zappelte lieber weiter vor sich hin.

»Jetzt zieh eine Karte, Charlie«, forderte er mich auf.

»Aber zeig mir nicht, welche es ist.«

Ich zog die Herzdame.

Bernhard schob die restlichen Karten zu einem Stapel zusammen und legte diesen vor sich.

»Und jetzt kommt deine Karte oben drauf«, wies er mich an. »Und dann heb bitte einmal ab und packe den unteren Stapel auf den oberen.«

Wieder gehorchte ich. Inzwischen war ich mächtig gespannt. Woher wollte er wissen, welche Karte ich gezogen hatte?

Bernhard fächerte den Kartenstapel wieder auf, dieses Mal mit den Bildseiten nach oben. Er betrachtete die Karten, runzelte die Stirn, kratzte sich hinter dem Ohr und brummte. »Hmmhmm.«

Dann zog er die Herzdame heraus und hielt sie mit einem breiten Grinsen in meine Richtung. »Das war deine«, sagte er.

Ich klatschte begeistert und nickte. Natürlich musste Bernhard den Trick wiederholen. Schließlich wollte ich herausfinden, wie er es anstellte.

Beim vierten Durchlauf merkte ich, dass er immer kurz die Bildseite der untersten Karte heimlich anschaute, bevor er den Stapel hinlegte, damit ich die gezogene Karte drauflegen konnte.

Ach so! Da hatte der Schotte sich versteckt!

Klar. Ich legte meine Karte auf den Stapel, hob ab und legte den unteren auf den oberen Stapel. Die Karte, die ganz unten gewesen war und die er unaffällig angeschaut hatte, lag nun immer direkt auf der von mir gezogenen Karte drauf. Bernhard musste sich also nur merken, welche Karte ganz unten lag, und wusste immer, welches meine war.

Sofort nahm ich ihm die Karten aus der Hand und versuchte es selbst. Es klappte auf Anhieb.

»Und, noch ein Trick?«, fragte Bernhard.

Aber ich schüttelte den Kopf. »Einer reicht, dann haben wir auf dem Heimflug noch einen übrig«, sagte ich.

Entspannt lehnte ich den Kopf gegen das Sitzpolster, schaute zum Fenster raus und bestaunte die Wolkenformationen. Das Lichtspiel, das sich dabei ergab, faszinierte mich. Manchmal sah es aus, als ob eine ganze Wolkenschäfchenherde über einen Regenbogen tanzte. Wunderschön.

Leider klappte das mit dem Ignorieren nicht richtig, Eve nervte mit ihrem Gezappel, Gezucke und Rumgejammere total und sorgte dafür, dass ich mich nicht entspannen konnte.

Ich knurrte unwillig, sie blieb unbeeindruckt.

Zum Glück endet auch der längste Flug irgendwann. Die

Stimme des Piloten verkündete die Landung, die in Kürze bevorstand.

»Uff!« Ich blies die Luft aus.

Dank Eves Hysterie war mir doch tatsächlich auch etwas flau in der Bauchgegend geworden. Aber nur ein bisschen. Und ganz bestimmt würde ich nie so ein Theater aufführen wie Eve. Das war voll peinlich.

Während ich das dachte, machte das Flugzeug einen Satz, als hätte es Kängurubenzin getankt.

Bevor ich es verhindern konnte, war mir ein Schrei über die Lippen gehüpft, der wie ein misslungener Dudel klang.

Verdammt. Verdammt, verdammt!

Natürlich grinste Eve und meinte, als wir uns zum Aussteigen anstellten: »Ja ja, von wegen cool und keine Angst. Gib doch zu, dass du auch froh bist, hier heil rauszukommen.«

Ich wollte mir gerade mit dem Finger gegen die Stirn tippen, als ich Mamas warnendem Blick begegnete.

Okay, okay. Ich beließ es also bei einer hochgezogenen Augenbraue.

Die Ferien sollten ja nicht gleich mit Mamaknatsch anfangen.

Wir stiegen aus und ich atmete tief ein. Schottische Luft! Angekommen. Endlich! Zumindest in Aberdeen. Aber das war erst die Hälfte des Weges.

Wir hätten natürlich auch direkt nach Inverness fliegen

können, aber Bernhard hatte sich noch mit einem Kollegen verabredet, der ihm irgendeinen Fund zeigen wollte. Wenn er schon in der Nähe war, wollte er die Gelegenheit nutzen.

Während er und Mama einen alten Knochen bewunderten, schleckten Eve und ich ganz genüsslich ein Eis und blinzelten zufrieden in die Sonne.

»Und jetzt fahren wir ganz gemütlich Richtung Inverness«, erklärte Bernhard zwei Stunden später strahlend. »Schließlich haben wir Urlaub. Wir werden den Weg an der Küste entlang nehmen.«

Wir saßen in dem Mietwagen, den er von Deutschland aus reserviert hatte.

»Mensch!«, schrie Eve nach ein paar Minuten plötzlich auf. »Ich weiß gar nicht, ob ich das Bügeleisen ausgeschaltet habe!«

Oh nein!

Natürlich hatte sie. Schließlich überprüfte ich immer alles, bevor wir auf Reisen gingen.

Ich wollte noch dazwischenfahren, aber der Satz war schneller. Schon hüpfte er durchs Auto und kam in derselben Sekunde bei Mama an – was unschwer an dem Schrei zu merken war, den sie ausstieß.

Ich gab Eve einen Rempler und zeigte ihr jetzt wirklich den Vogel.

Sie wusste doch inzwischen, dass Mama in diesem Punkt ein bisschen schwierig war. Musste sie ausgerechnet jetzt laut denken?

Und überhaupt, auf die Idee, die Bluse für den Flug zu bügeln, konnte ja echt nur eine Prinzessin kommen. Während der Reise knitterten Klamotten doch sowieso wieder. Und jeder normale Mensch – also ich! – zog einfach ein Shirt an und fertig. Nicht so Eve. Oh nein, sie hatte sich gestylt, als würde sie damit rechnen, Justin persönlich zu begegnen.

Und jetzt noch das! Es war nicht mehr zu ändern.

»Fahr rechts ran, Bernhard! Schnell! Wir müssen sofort die Polizei anrufen. SOFORT!« Mamas Stimme hatte eindeutig hysterische Schwingungen.

Bernhard schüttelte den Kopf. »Atme ganz tief durch, Liebes«, sagte er mit ruhiger Stimme. Er tätschelte Mamas Arm und warf mir über den Innenspiegel einen kurzen fragenden Blick zu.

Ich verstand sofort, was er meinte, und nickte.

Bernhard fuhr weiter. »Du kennst deine Tochter. Auf Charlie ist Verlass«, erklärte er Mama, die immer noch mit fahrigen Bewegungen ihr Handy suchte. »Sie ist wie immer kurz vor der Abreise durch die Räume gegangen und hat überprüft, ob alles in Ordnung ist. Nicht wahr, Charlie?«

»Genau. Und ich schwöre dir, Mama, das Bügeleisen ist aus. Genau wie der Herd. Auch der Stecker vom Fernseher ist gezogen und das Wasser für die Waschmaschine abgedreht.«

Ich leierte die Aufzählung nur so runter, das Spiel spielten wir jedes Mal. Natürlich hatte ich auch wieder Beweisfotos geschossen – falls Mama einen ihrer hysterischen Anfälle bekommen würde. Nur leider hatte ich das Bügeleisen nicht fotografiert. Verdammt!

»Aber … vielleicht sollten wir trotzdem rechts ranfahren? Ich meine – was, wenn Eve …«

Bernhard setzte den Blinker links. »Okay, wir fahren ran. Aber links, wir wollen ja keinen Unfall verursachen. Schließlich gilt hier Linksverkehr.« Bernhard zuckte mit den Schultern und zwinkerte mir über den Spiegel zu.

Nachdem Mama sich von Eve genau hatte erklären lassen, wann sie die Bluse gebügelt hatte, und sich den Bericht über meine Endprüfung vor der Abfahrt noch mal angehört hatte, war sie beruhigt und wir konnten weiterfahren.

Nach ungefähr hundert Metern fing Eve wieder an zu schreien. »Oh nein, ich hab mein Smartphone vergessen. Papa, wir müssen umdrehen!«

Bernhard grinste. »Ja, klar, Eve. Wir drehen um und fliegen eben schnell nach Deutschland zurück, um dein Smartphone zu holen. Kein Problem.«

Eves Gesicht färbte sich rosa.

Ich kicherte, auch wenn Eve mir leidtat. Da hatte sie wohl einen Moment vergessen, wo wir waren.

Schnell tastete ich meine Jackentasche ab und versicherte mich, dass ich mein Smartphone eingesteckt hatte.

»Aber dann kann ich ja gar keine Fotos machen«, klagte Eve und schob schmollend die Unterlippe nach vorn.

»Wenn du was fotografieren willst, kannst du es mir ja sagen«, beruhigte ich sie. »Und die Fotos, die ich schieße, kann ich dir dann schicken.«

Damit war sie einverstanden und beruhigte sich wieder. Es blieb ihr aber auch nichts anderes übrig.

Zufrieden lehnte ich den Kopf an den Sitz und schaute zum Fenster raus. Ich saugte die Landschaft in mich auf. Es war herrlich! Weite Felder, grasende Rinder und Pferdeherden wechselten sich ab, und dann – endlich – das Meer!

Wieder fuhr Bernhard links ran. Wir mussten ans Wasser. Sofort! Wir mussten uns überzeugen, dass es wirklich da war. Die Zehen reinstrecken und das Rollen und Rauschen der Wellen hören.

Hier roch die Luft ganz anders als vorhin in Aberdeen. Würzig und ein bisschen salzig. Der Wind und die Sonne bitzelten auf meiner Haut.

Wir tobten eine halbe Stunde am Wassersaum entlang, suchten die ersten Muscheln und machten Picknick. Mama hatte am Flughafen ein paar Getränke und Sandwiches gekauft.

Müde und erschöpft brachten wir danach die letzte Reiseetappe hinter uns. Die Felder, die an uns vorbeiflogen, nahm ich nur noch verschwommen wahr. Meine Augen fielen immer wieder zu, aber ich wollte unbedingt wach bleiben und kämpfte gegen den Schlaf an.

Eve schnarchte leise.

»Hier müsste es sein.«

Mamas Worte rissen ein Loch in den Schleier meiner Müdigkeit. Sofort war ich hellwach.

Ein kleines Haus tauchte im Licht der untergehenden Sonne auf. Unser Cottage. Nett. Niedlich, irgendwie. Und alt. Als hätte es schon ein paar Geschichten erlebt.

Eine Frau streckte den Kopf zum Fenster raus und lachte. Ihre Haut legte sich dabei in eine Million Runzeln. Ich schätzte sie auf mindestens so alt wie das Haus.

Mit ihren abstehenden Haaren sah sie ein bisschen aus wie Pumuckl. Ihr Gesicht war mit Sommersprossen übersät und in den Wangen zeigten sich tiefe Grübchen.

Sie winkte. Ihr Kopf verschwand und gleich darauf tauchte die Frau in der Tür des Hauses auf.

»Herzlich willkommen!«, rief sie, kaum dass Mama die Wagentür geöffnet hatte. »Ich hoffe, Sie hatten eine gute Reise. Ich bin Marie und sehr erfreut, Sie kennenzulernen.«

Marie, unsere Vermieterin, war eine waschechte Schottin und eine totale Plaudertasche. Sie redete schneller, als ich denken konnte. Schon nach fünf Minuten wurde mir ganz schwurbelig im Kopf.

Aber sie war total lustig, und obwohl sie uralt war, bewegte sie sich schnell und leicht, ihre Augen glitzerten lebendig. Genauso gern wie sie redete, schien Marie zu lachen. Dabei gluckste sie so lustig, dass man automatisch mitlachen musste.

Nachdem sie uns für den nächsten Tag zu einer frühen Teestunde eingeladen hatte, machte sie sich wortreich davon. Die plötzlich einsetzende Ruhe schien zu vibrieren.

Wir eroberten unser Ferienhaus.

Bald darauf lag ich unter der dicken Daunendecke und kuschelte mich zufrieden ein. Morgen konnte mein Schottlandabenteuer beginnen. Vielleicht würde ich schon bald Nessis Spur finden?

Am nächsten Nachmittag saßen wir bei unserer Vermieterin auf der Terrasse. Ihr Haus lag nur ein paar Minuten von unserem Cottage entfernt. Sie hatte einen Garten mit vielen Wildblumen und ein Meer von Rosen. Um uns herum summte und brummte es, während wir Tee tranken und plauderten.

Eve ging ganz in der Unterhaltung auf. Ihre Wangen wurden so rosig wie die Blumen in den Beeten, als Marie sie nach der Schule fragte. Ich unterdrückte ein Gähnen und sah verstohlen auf die Uhr. Hoffentlich hatten wir das bald hinter uns und konnten endlich mit den Ferien anfangen.

Die Sonne brannte.

Ich wollte ans Wasser, wenn ich schon nicht nach Nessi suchen konnte. Ich wollte Seehunde gucken und Delfine. Möwen füttern, Muscheln suchen, Eve mit Wasser bespritzen, wenn sie ihre Sandburg baute, oder mich einfach nur auf den Wellen treiben lassen, oder …

Egal was. Hauptsache nicht am Teetisch sitzen, artig sein und über die Schule reden. Echt ätzend!

»Und bitte denkt dran, dass ihr freundlich zu eurem Brownie seid. Ich möchte nicht, dass er beleidigt ist. Mit einem wütenden Brownie ist nicht zu spaßen«, sagte Marie. Ihr Blick fixierte mich.

Verdammt. Verdammt, verdammt!

Ich hatte vor mich hin gedämmert und gar nicht richtig zugehört. Was hatte sie da gesagt? Brownie? Ich hatte schon fünf Stück von dem Teegebäck verputzt, da passte wirklich nicht auch noch Schokokuchen rein. Auch kein kleiner. »Nein danke«, erwiderte ich deshalb höflich und lächelte.

»Ah, ich sehe, du verstehst mich«, jubelte Marie daraufhin und ließ ihr glucksendes Lachen erklingen, das mir schon richtig vertraut war. »Genau das sage ich auch: ein zorniger Brownie – nein danke!« Sie rückte auf ihrem Stuhl nach vorne und lehnte sich in meine Richtung. »Passt auf, wenn ihr durch die Dünen wandert. Es könnte sein, dass ihr Colonock begegnet.«

Ich war wieder hellwach!

Was für ein merkwürdiger Name. Colonock.

Marie redete ganz offensichtlich nicht von Schokokuchen. Aber was meinte sie dann? Und wieso glitzerten ihre Augen dabei wie Funkelsteine?

»Was sind denn Brownies?«, fragte Eve, gerade als ich den Mund aufmachen wollte.

Ich nickte, um zu bestätigen, dass ich das auch gerne wissen wollte.

Das Funkeln in Maries Augen verstärkte sich. Sie rückte noch ein Stück weiter nach vorne und klatschte in die Hände.

»Sagt nur, das wisst ihr nicht?!«, rief sie und schüttelte so fest den Kopf, dass ihre Pumucklhaare flogen. »Ein Brownie …« Sie senkte ihre Stimme. »Ein Brownie ist ein Kobold.« Sie hob den Zeigefinger. »Aber nicht irgendein Kobold. Brownies sind schottische Kobolde. Sie leben mit uns in unseren Häusern, passen auf uns auf und verjagen böse Geister. Sie sind wunderbare Mitbewohner und sehr hilfsbereit. Es sei denn …« Marie machte eine Pause.

»Aber Kobolde gibt es doch gar nicht wirklich!« Eve lachte. Das brachte ihr ein scharfes Zischen von Marie ein.

»Psst!«, machte sie und wedelte aufgeregt mit den Händen. »Sie können ziemlich sauer werden, wenn man sich über sie lustig macht. Man muss ihnen mit Respekt begegnen, nur dann zeigen sie sich von ihrer guten Seite. Verärgert man sie, wird man das bitter bereuen. Sie werden bösartig und rachsüchtig.« Ihr Blick huschte zur Tür, dann schaute sie wieder zu uns. »Genau wie Colonock.«

Schon wieder dieser merkwürdige Name. Und wieso Dünen? Gerade hatte sie gesagt, die Brownies lebten in den Häusern.

»Was genau ist mit Colonock los?«, fragte ich deshalb. »Wieso lebt er nicht in einem Haus, wie die anderen Brownies?«

Maries Augen strahlten. »Ah, ich sehe, die junge Lady denkt mit. Sehr gut, sehr gut.« Sie gluckste wieder. »Du willst wissen, was es mit Colonock auf sich hat?«

Ihr Blick traf mich so intensiv, dass ich dachte, sie könnte meine Gedanken lesen.

Ich nickte.

»Okay. Dann werde ich euch seine Geschichte erzählen.« Jetzt rutschte sie auf dem Stuhl wieder nach hinten und machte es sich bequem.

Mama und Bernhard lächelten sich an, doch Eve und ich hingen an Maries Lippen. Eve ungläubig und ich sehr gespannt. Für mich stand es außer Frage.

Selbstverständlich gibt es Kobolde!

»Wie ich euch schon gesagt habe, heißen unsere Kobolde Brownies. Sie leben unter den Türschwellen unserer Häuser. Dort fühlen sie sich wohl und passen auf das Haus und seine Bewohner auf. Kein Einbrecher würde es wagen, in ein Haus einzudringen, in dem ein Kobold unter der Schwelle haust. Und wir Menschen stellen ihnen Kekse und Milch hin, sind höflich und respektvoll.« Sie holte tief Luft. »Wenn wir klug sind zumindest. Es begab sich vor langer Zeit, es müssen jetzt nahezu zweihundert Jahre sein, dass John Doyle – ein griesgrämiger Seebär mit einem Holzbein – nicht mehr zur See fahren konnte und sich hier niederließ. Respekt kannte er nicht, nicht als Wort und schon gar nicht als Verhaltensweise. Er polterte über die Türschwellen, knallte mit seinem Holzbein gegen die Pfosten, und wenn er betrunken war – und ich sage euch, er war oft betrunken! –, dann verhöhnte er seinen Hauskobold. Schimpfte ihn einen Weichling und unterstellte ihm, keinerlei Koboldkräfte zu besitzen. Anfangs – so erzählt man sich – versuchte Colonock noch, Freundschaft mit dem

Trunkenbold zu schließen. Später ließ er dann einige Koboldereien im Haus geschehen. Fenster zersplitterten ohne ersichtlichen Grund. Der Rauch aus dem Ofen zog nicht ab und qualmte das ganze Haus voll, oder Essen brannte an. Doch der Seebär verhöhnte den Kobold nur noch lauter. Ist das alles, was du kannst, du kleine Kröte?, schrie er. Daraufhin verwandelte Colonock den gesamten Schnapsvorrat des Mannes in Wasser. Als John Doyle das merkte, tobte er. Außer sich vor Zorn riss er die Türschwelle raus, um an die Höhle zu kommen. Das war natürlich sehr dumm. Koboldhöhlen sind für uns Menschen unsichtbar, das weiß doch jedes Kind.« Marie gluckste wieder und schüttelte über so viel vermeintliche Dummheit den Kopf.

Dann versank sie in Gedanken.

Ich kaute ungeduldig auf meiner Unterlippe und schaute zu Eve rüber. In ihrem Gesicht war nichts mehr von der Ungläubigkeit zu sehen.

»Und dann?«, fragte ich, als ich es nicht mehr aushalten konnte.

Marie schreckte hoch.

»Ach so, ja, der Seebär hat Colonock aus dem Haus gejagt. Daraufhin verfluchte Colonock das Haus und dessen Besitzer. Seit damals wohnt er irgendwo in den Dünen und treibt üble Scherze mit den Menschen, die ihm zu nahe kommen.«

»Was müssen wir denn tun, damit unser Brownie nicht sauer auf uns wird?«, fragte Eve.

Sie war ein bisschen bleich um die Nase.

Marie überlegte kurz.

»Versucht nicht, ihn durch einen Trick zu Gesicht zu bekommen. Brownies wollen nicht gesehen werden und hassen es, wenn Menschen versuchen, sie in Fallen zu locken«, sagte sie dann. »Und stellt ihm Milch und Kekse hin. Dann weiß er, dass ihr freundlich seid.« Sie nickte vor sich hin und gluckste wieder – dieses Mal ganz leise. »Wundert euch nicht, wenn es manchmal ein bisschen im Haus rumpelt. Koboldkinder sind wie Menschenkinder. Sie müssen spielen und toben.«

Ich überlegte. Den Brownie in unserem Haus ließen wir wohl besser in Ruhe. Ich hatte keine Lust, dass meine Zahnpasta vielleicht plötzlich nach Ohrenschmalz schmeckte oder meine Limo sich in Abwaschwasser verwandelte.

Aber mit Colonock war es etwas anderes. Ihn konnten wir suchen.

Vielleicht würden wir es schaffen, ihn wieder mit den Menschen zu versöhnen? Beinahe zweihundert Jahre Streit waren doch wirklich mehr als genug.

Ich rutschte unruhig auf meinem Stuhl hin und her und warf Eve einen Blick zu. Ihre Augen blitzten. So wie sie aussah, hatte sie ähnliche Gedanken.

»Können wir gleich an den Strand gehen?«, fragte ich an Bernhard und Mama gewandt.

Eve nickte. »Ja, bitte«, unterstützte sie mich sofort.

Ehrensache, dass wir versuchten, den Kobold aufzuspüren. Immerhin kannten wir uns mit Geisterjagd aus, da wäre so eine Koboldsuche doch sicher eine Kleinigkeit.

»Ihr nun wieder!« Mama lachte und schüttelte in gespielter Verzweiflung den Kopf. »Ich hab es ja geahnt, meine kleine Indiana Jones braucht einfach den Nervenkitzel. Aber heute wird das nichts mehr, wir haben den Restnachmittag bereits verplant.«

»Och nein«, maulte ich. »Ich dachte, wir haben Ferien und sollen unseren Spaß haben. Erst darf ich nicht an den Loch Ness und jetzt nicht einmal an den Strand?«

Beleidigt verschränkte ich die Arme vor meiner Brust und schob die Unterlippe vor. Mistferien.

Verdammt. Verdammt, verdammt!

Wenn das so weiterginge, wäre ich lieber bei Oma und Opa geblieben.

Bevor ich mich so richtig in meine schlechte Laune fallen lassen konnte, strubbelte Mama mir durch die Locken.

»Du weißt ja gar nicht, was wir geplant haben«, sagte sie. »Ich glaube, es wird dir gefallen.«

Rätselfrage: Was hat Charlies Mutter vor?

Seehundalarm

Gut gelaunt balancierte ich mit Eve zusammen die Kaimauer entlang. Im Wasser tummelten sich kleine Jachten, Fischerboote und Kutter. Die Wellen plätscherten sacht gegen die Bootsrümpfe und ließen sie leise schaukeln.

Nur ein ganz sanfter Wind strich über das Wasser und trug feinen Salzgeschmack auf meine Lippen. Der mischte sich mit dem Erdbeeraroma von meinem Eis. Das hatte zusammen genau die Würze, die Ferien haben müssen! Herrlich!

Eine Möwe zog enge Kreise über meinem Kopf – die hatte es wohl auf mein Eis abgesehen. Nichts da! Ich hatte schon zwei Kekse verfüttert, das musste genügen.

Schnell steckte ich den letzten Rest der Waffel in den Mund. Sicher war sicher. Die Möwe zog ab, um den Beutezug an anderer Stelle weiterzuführen.

»Mit welchem Schiff fahren wir?«, fragte Eve.

Ich versuchte, das Ausflugsboot zu erspähen, das uns gleich zu den Seehunden bringen würde.

Echt eine coole Idee von Mama. Endlich fingen die Ferien an, Spaß zu machen.

Dabei war ich zuerst total sauer gewesen, weil ich nicht nach Colonock suchen durfte. Aber die Sonne war nur ganz kurz hinter meiner Schlechtelaunegewitterwolke verschwunden. Als ich die Prospekte entdeckt hatte, war der Grummel zerplatzt wie ein Luftballon, wenn man mit einer Nadel reinpikt. Puff!

Während ich meinen Gedanken nachhing, suchte ich weiter die Schiffsrümpfe nach der richtigen Aufschrift ab.

Seagull. Da! Jetzt hatte ich es entdeckt. Unser Schiff!

Ein Seemann stand bereits neben dem Steg und ließ die ersten Passagiere an Bord.

»Los, schnell. Wir wollen doch gute Plätze erwischen!« Mit einem Satz sprang ich von der Mauer, schnappte Mamas Hand und versuchte, sie zum Laufen zu bewegen.

»Nicht so stürmisch!«, wehrte sie sich. »Ich will nicht rennen.«

»Keine Bange, Charlie. Das Schiff ist groß genug, wir werden sicher einen Platz bekommen«, versuchte Bernhard mich zu bremsen.

Aber da hatte er sich die Falsche ausgesucht. Schließlich wollte ich nicht irgendeinen Platz. Am Ende mussten wir unter Deck sitzen. Nee, nee. Nicht mit Charlie.

»Gebt mir bitte mal die Karten für Eve und mich«, sagte ich, nachdem klar war, dass die Erwachsenen nicht schneller werden würden. Kaum hatte ich sie in der Hand, rief ich: »Komm, Eve!«

Sehr zufrieden ließ ich mich zwei Minuten später auf die Bank sinken. Direkt an der Reling des Hinterdecks! Eve und ich hatten es geschafft. Gerade noch! Direkt nach uns war eine Reisegruppe auf das Deck gestürmt und hatte alle anderen Plätze belegt.

In dem Moment, in dem Mama und Bernhard sich zu uns setzten, ging es auch schon los.

Das Schiff vibrierte, als der Kapitän den Motor anließ. Ein dumpfes Tuten ertönte und überdeckte für Sekunden das aufgeregte Schnattern, Lachen und Möwenkreischen um uns herum.

Wir legten ab. Langsam schipperten wir zwischen Booten und Schiffen hindurch und nahmen Fahrt auf.

Der Wind pfiff und fuhr in meine Locken. Ständig hatte ich Haare im Gesicht, musste sie mir aus den Augen schieben und aus dem Mund fischen.

»Komm, ich hab ein paar Gummis in der Tasche, ich mach dir schnell einen Zopf«, sagte Eve, als ich zum fünften Mal eine vorwitzige Strähne einfangen musste.

Während Eve meine Locken zähmte, beobachtete ich das Treiben um mich herum.

Mein Smartphone hielt ich knipsbereit in der Hand.

Über Lautsprecher kam eine Durchsage, die uns auf der *Seagull* willkommen hieß und uns für die nächsten zwei Stunden viel Spaß und spannende Beobachtungen wünschte. Die Ansprache wurde auf Französisch und Deutsch wiederholt. Dann knackste es erst sehr laut und wurde kurz darauf still.

So still, wie es auf einem voll besetzten Ausflugsschiff eben werden kann.

»Erledigt«, verkündete Eve zufrieden.

»Danke«, sagte ich. »Viel besser!«

Mit der Hand tastete ich nach den Zöpfen, es fühlte sich gut an. Jetzt konnte ich mich ohne Ablenkung auf den Ausflug konzentrieren. »Haben wir noch Kekse?«, fragte ich Mama.

»Charlie, sag nicht, du hast schon wieder Hunger. Kind, wenn du so weitermachst, isst du mir eines Tages die Haare vom Kopf!«, antwortete sie ungläubig.

»Nein danke«, gab ich zurück. »Haare mag ich nicht. Und außerdem will ich sie gar nicht essen, sondern Penelope damit füttern.«

Schon hatte ich Mamas Hand auf meiner Stirn. Sie musterte mich mit besorgtem Blick.

»Hast du Fieber? Fantasierst du? Wer um Himmels willen soll denn Penelope sein?«

Ich schüttelte Mama ungeduldig ab und zeigte auf eine Möwe, die mit etwa zwei Metern Abstand zur Reling neben dem Schiff herflog. Exakt im gleichen Tempo! Es sah aus, als würde sie in der Luft stehen.

»Schau doch mal, ich finde, sie sieht aus, als würde sie Penelope heißen. Und sie hat Hunger«, erklärte ich, damit Mama endlich ihren Geht-es-meiner-Tochter-gut-Blick wegsteckte.

Penelope fing den ersten Keks problemlos im Flug auf, schlang ihn runter und hielt sofort Ausschau nach Nachschub.

»Delfine voraus!«, erklang plötzlich die Lautsprecherstimme.

Voraus? Wie voraus? Verdammt. Verdammt, verdammt! Und ich hatte gedacht, wir hätten die besten Plätze am Heck des Schiffes. Wenn ich das geahnt hätte …

»Das war's, Penelope. Mehr gibt es nicht!«, rief ich der Möwe zu. Dann rannte ich los – Eve dicht hinter mir.

Wir kämpften uns zum Bug durch. Ungefähr zwanzig blaue Flecken später stand ich über die Reling gebeugt und starrte in die Wellen.

Zuerst konnte ich nur kleine Schaumkronen tanzen sehen, dann plötzlich entdeckte ich einen schnell gleitenden länglichen Schatten direkt neben dem Schiff. Ein paar Meter weiter weg tauchte ein Delfin auf und glitt elegant wieder unter Wasser.

Mir stockte der Atem! Noch einer. Vier, fünf! Delfine in freier Wildbahn!

Mein Herz klopfte so aufgeregt, dass ich dachte, es würde mir aus dem Mund hüpfen, wenn ich ihn aufmachte.

Die Tiere sprangen, tauchten und kreisten um unser Schiff herum. Ich musste an die Ballettaufführung denken, die wir letzten Monat gesehen hatten. Die Delfine zeigten die gleiche Grazie.

Gebannt sah ich ihnen zu und stellte mir vor, wie es wäre, einfach zu ihnen ins Wasser zu springen. Ob sie erschrecken würden? Oder würden sie sich über die Gesellschaft freuen? Als ich daran dachte, dass das Wasser hier ziemlich frisch und ziemlich tief war, ließ ich den Gedanken schnell wieder fallen.

Ob Kobolde schwimmen konnten? Ich hatte keine Ahnung und beschloss, demnächst Marie danach zu fragen.

Und dann waren die Delfine verschwunden. Blitzschnell.

Als hätte jemand das Kommando gegeben.

Begeistert klatschte ich in die Hände. Ich spürte eine Berührung an meiner Schulter, drehte den Kopf und sah, dass Mama direkt hinter mir stand. Ihre Augen glitzerten. Sie schniefte.

»Wunderschöne Tiere«, sagte sie und putzte sich die Nase.

»Und deshalb musst du weinen?«, fragte Eve, die sich zu uns gestellt hatte.

Mama lächelte. »Vielleicht. Vielleicht aber auch nur, weil ich so glücklich bin«, meinte sie und gab erst Eve und dann mir einen Kuss.

Mama war schon immer ein bisschen gefühlsduselig gewesen, aber seit sie verliebt war, wurde es immer schlimmer. Bei der Ballettaufführung hatte sie auch zwei Packungen Taschentücher verbraucht.

Eve und ich tauschten einen schnellen Blick, ich verdrehte die Augen und grinste.

»Und, hast du sie gekriegt?« Eve deutete auf das Smartphone, das ich immer noch in der Hand hielt.

Verdammt. Verdammt, verdammt! Vor lauter Staunen hatte ich glatt vergessen, Fotos zu machen.

Wütend auf mich selbst, stapfte ich wieder zu unseren Plätzen. Ich hatte nicht lange Zeit, mich zu ärgern. Nach ein paar Minuten fuhren wir langsam an einer kleinen Felsgruppe vorbei, auf der Seehunde ihre Bäuche in die Sonne streckten. Eine Sandbank direkt daneben war nahezu überfüllt. Die Tiere lagen dicht gedrängt.

Ein besonders dicker Klops hob den Kopf, musterte das Schiff und kratzte sich dann mit der Vorderflosse am Kopf.

Dieses Mal knipste ich und kicherte mit Eve zusammen über die drolligen Bewegungen.

Dazwischen watschelten lustige Vögel herum.

»Das sind Papageientaucher«, erklärte Bernhard. »Richtige Clowns sind das.«

Wir sahen den drolligen Vögeln eine Weile zu und auch von ihnen machte ich ein paar Bilder.

Viel zu schnell standen wir wieder auf festem Boden. Wieso dauerte eine mit Spaß angefüllte Stunde eigentlich nur einen Moment, und wenn man Mathe lernen sollte oder beim Zahnarzt auf dem Behandlungsstuhl zitterte, dann wurden zehn Minuten zur Ewigkeit?

Bernhard stellte sich zwischen uns und legte seine Arme um Eves und meine Schultern.

»Und jetzt besuchen wir die Seehundstation. Dort können wir noch etwas über die Tiere erfahren. Habt ihr Lust?«, fragte er und drückte uns an sich.

Was für eine Frage! Trägt der Schotte Rock? Eben.

»Aber nur, wenn wir das Auto stehen lassen und die zwei Kilometer laufen«, mischte Mama sich ein. »Meine Beine brauchen dringend Bewegung.«

»Oje, ich armer alter Hampelpampel«, jammerte Bernhard, beugte sich nach vorne und hielt sich den Rücken. Dann richtete er sich auf und lachte. Er gab Mama einen Kuss. »Natürlich, Liebes. Genau das hatte ich ohnehin vor.«

Delfin- und Seehundzentrum stand auf dem Schild, das wir wenig später passierten.

Wir kamen genau richtig, um eine Führung mitzumachen. Der Mitarbeiter fütterte die Tiere und erzählte uns nebenbei einige Fakten.

»Seehunde leben auf der Nordhalbkugel. Meistens in Küstennähe im Pazifik und Atlantik.« Er warf einen Fisch, den eine Möwe wegschnappte, bevor der Seehund auch nur den Hauch einer Chance hatte. Wir lachten. »Sie sehen, es gibt einige hungrige Mäuler zu stopfen«, sagte der Tierpfleger in sein Mikro und nahm einen neuen Fisch. Er täuschte einen Wurf in die andere Richtung an und trickste damit die Möwe aus. »Seehunde können bis zu zwei Meter lang und hundert Kilo schwer werden«, erklärte er jetzt. Er hatte ein Headset auf. Ohne Lautsprecher hätte er keine Chance gehabt, sich

Gehör zu verschaffen. »An Land sind sie ziemlich unbeholfen, im Wasser ist davon aber nichts mehr zu merken. Sie sind sehr gute Schwimmer und Taucher. Meistens dauern die Tauchgänge um die zehn Minuten, im Extremfall können die Tiere aber bis zu 45 Minuten unter Wasser bleiben.« Er hielt inne und wandte sich an die Zuschauer. »Möchte jemand helfen?«, fragte er. Sein Blick blieb bei Eve hängen. »Du?«, fragte er sie.

Eve schüttelte heftig den Kopf. »Igitt, glitschige Fische anfassen. Nein, lieber nicht, danke.«

Sag ich doch: Prinzessin.

Der Blick hüpfte ein Stück weiter und landete bei mir. Ich ließ mich nicht zweimal bitten.

»Aber klar!«, sagte ich und schon hatte ich den ersten Fisch in der Hand. Es war gar nicht so einfach, richtig zu zielen, dabei die Möwen im Auge zu behalten und auch noch dem Tierpfleger zuzuhören, der schon wieder mit Fakten um sich warf.

Nach drei Fischen nahm er die Sache wieder in die Hand und entließ mich. Ich tunkte meine Hände in das bereitstehende Wasser und stellte mich zu Eve zurück, die immer noch die Nase rümpfte.

»Seehunde haben eine Tragzeit von rund elf Monaten«, redete der Mann schon wieder weiter. »Die Jungen sind etwa achtzig Zentimeter groß und wiegen zwischen acht bis zwölf Kilo, wenn sie auf die Welt kommen. Manchmal verlieren die

Jungen durch Sturm oder andere Störungen den Kontakt zu ihren Müttern, dann liegen sie hilflos an Land und rufen verzweifelt. Dieses Schreien klingt wie Heulen, deshalb werden verlassene Jungtiere auch Heuler genannt.«

Das war wirklich spannend, trotzdem schwirrte mein Kopf vor lauter Informationen. Genug Input! Den Rest der Erklärungen ließ ich an mir vorbeiplätschern und amüsierte mich lieber über die drolligen Bewegungen eines Seehundmännchens, das wohl zeigen wollte, was für ein toller Kerl es war.

Ein anderer Mitarbeiter ging mit einer Sammelbüchse herum. Das Zentrum verlangte keinen Eintritt, war aber für Spenden dankbar.

Bernhard drückte Eve und mir einige Münzen in die Hand und stopfte selbst einen Schein in die Dose.

»Die Station soll erweitert werden«, erzählte er uns. »Ich habe gelesen, dass eine Aufzuchtstation geplant ist, in der Heuler die ersten Wochen versorgt werden können.«

Unglaublich, wie viele Leute sich für Seehunde interessierten. Die Plattform, auf der wir standen, war gedrängt voll.

Ich hatte meine Ellbogen auf das Geländer gestützt und konzentrierte mich auf das Bild, das ich gerade schießen wollte. Es war gar nicht so einfach zu entscheiden, welches Tier ich knipsen sollte. Die waren alle so niedlich!

Genau in dem Moment, als ich abdrücken wollte, wurde ich heftig angerempelt. Zum Glück hatte ich das Smartphone fest in den Händen, sonst wäre es mir sicher runtergefallen.

Wütend fuhr ich herum, um zu sehen, wer das gewesen war. Aber der Kerl, der mein Foto auf dem Gewissen hatte, war schon ein gutes Stück von mir weg.

Wie ich an dem Tumult erkennen konnte, war ich nicht das einzige Rempelopfer. So ein rücksichtsloser Depp!

»Blödmann!«, schrie ich ihm hinterher, auch wenn er mich nicht mehr hören würde. Was war nur mit dem Typ los? Ich wollte mich wieder zu den Seehunden umdrehen und die Angelegenheit vergessen. Aber die Aufregung um mich herum schwoll weiter an.

So schlimm war es doch jetzt auch nicht gewesen, dachte ich und staunte, weil die Leute sich gar nicht mehr beruhigen konnten.

Hatte ich etwas verpasst? Was war mit dem Kerl los, der hier alles durcheinandergewirbelt hatte?

Ich suchte die Menge ab, vielleicht könnte ich einen Hinweis finden, der mir Klarheit brachte?

Rätselfrage:
Was hat es mit dem Mann auf sich?

Stranderkundungstour

»Was war das denn für ein Spinner?«, fragte ich Eve, während mein Blick immer noch die Menge scannte. Aber sie zuckte nur mit den Schultern.

Und dann sah ich den Mitarbeiter, der gerade eben noch mit der Sammelbüchse herumgegangen war. Er lag am Boden und versuchte aufzustehen.

Dabei schrie er laut: »Überfall! Räuber! Hilfe! Polizei! Haltet den Dieb!«

Kaum hatte er sich aufgerappelt und stand wieder auf den Beinen, klopfte er sich mit einer Hand die Hose ab und zog mit der anderen ein Handy aus der Tasche seiner Jeans. Aufgeregt wählte er und redete kurz darauf in normaler Lautstärke los. Leider war er zu weit weg und ich konnte ihn nicht verstehen. Während er telefonierte, fuchtelte er wild in der Luft herum und hüpfte dabei, als würde er einen Reel tanzen.

Meine Hirnrädchen bewegten sich nur langsam, ich versuchte, die Informationen zusammenzusetzen, die ich bis jetzt gesammelt hatte. Es war wie ein Mosaik.

Dann machte es klick! Das letzte Steinchen rutschte an die passende Stelle. Ich hatte es kapiert.

Der Mitarbeiter hatte keine Sammelbüchse mehr in der Hand. Die war ihm gestohlen worden.

Der Kerl, der mich angerempelt hatte, war nicht irgendein rücksichtsloser Depp gewesen, sondern ein Dieb!

Ein Räuber auf der Flucht!

Zum Greifen nah und ich hatte nichts geschnallt.

Verdammt. Verdammt, verdammt! Wenn das Eve passiert wäre, okay. Aber mir? Ausgerechnet mir?

Ich konnte es nicht fassen. Mama brauchte echt nie wieder Indiana Jones zu mir sagen. Vielleicht sollte sie mich ab sofort Blödschaf nennen, das würde besser passen.

Da hab ich den Dieb quasi in Griffweite und lass ihn einfach laufen. Noch schlimmer!

Ich hatte ja minutenlang überhaupt nicht geschnallt, dass es ein Dieb gewesen war. Mein Detektivsinn war eindeutig im Urlaubsmodus.

Während ich dabei war, mich innerlich zu zerfleischen, ertönten schon wieder Schreie.

Erst eine Frau. Ziemlich schrill. Kurz darauf ein Kind. Es kreischte auf und fing dann an, lautstark zu heulen.

Waren die denn alle vom wilden Schotten gepackt? Griff da ein eigenartiges Schreivirus um sich?

Ich versuchte, den Tumult um mich herum auszublenden, und konzentrierte mich auf eine Frau, die nicht weit von mir entfernt stand und ebenfalls in die Schreitirade einfiel.

Endlich konnte ich etwas verstehen.

»Alles weg!«, jammerte sie und rang ihre Hände. »Geld, Kamera. Sogar mein Armband hat der Kerl mir geraubt!

Mein schönes Armband!« Sie schluchzte und warf sich dem Mann, der neben ihr stand, in die Arme.

Der Aufruhr wurde immer größer. Die Menschen erzählten sich gegenseitig, was ihnen gestohlen worden war.

Endlich traf die Polizei ein. Sie waren zu zweit. Mühsam verschafften sie sich Gehör und sorgten für Ruhe. Die Bestohlenen mussten sich melden und angeben, was abhandengekommen war.

Eine rothaarige Polizistin fragte jeden Besucher, ob er irgendetwas gesehen habe, Angaben machen könne. Sie kam auch zu uns.

»Der Dieb hat mich angerempelt«, erzählte ich ihr. »Leider habe ich kaum etwas von ihm gesehen. Er war einen Kopf größer als ich, vielleicht etwas mehr. Aber er rannte ja von mir weg, als ich ihm nachgeschaut habe. Dabei war er durch das Laufen etwas vorgebeugt, deshalb kann ich die Größe nicht genau sagen.«

Die Polizistin machte sich Notizen, dann lächelte sie mich an und fragte: »Was hatte er denn an? Kannst du dich sonst noch an etwas erinnern, das uns weiterhelfen könnte? Jede Kleinigkeit kann wichtig sein.«

Mama legte den Arm um mich und drückte mich aufmunternd an sich. In ihren Augen sah ich den Ich-bin-so-stolz-auf-dich-Blick.

Oh nein.

Klar, Mama verließ sich auf mich. Immerhin wusste sie

noch nicht, dass ich von Indiana Jones zum Blödschaf mutiert war.

Ich schüttelte den Kopf, überlegte aber weiter.

Verdammt. Verdammt, verdammt! Irgendwas musste doch hängen geblieben sein. Hatte der Kerl eine Jeans an? Oder eine kurze Hose? T-Shirt oder Hemd? War er blond oder schwarzhaarig gewesen?

Ich forschte in meinem Kopf nach Einzelheiten. Aber da war nichts. Okay, er hatte Klamotten an, da war ich mir relativ sicher. Wenn er nackt gewesen wäre, würde ich mich ganz bestimmt daran erinnern. Und er trug keinen Schottenrock, auch das wüsste ich mit großer Wahrscheinlichkeit noch.

»Ganz normale Kleidung«, sagte ich nach minutenlangem Grübeln. »Es tut mir leid. Da war nichts Auffälliges. Er sah aus wie einer von vielen.« Ich zuckte entschuldigend mit den Schultern.

Die Polizistin blieb freundlich, auch wenn sie sich ganz bestimmt mehr von mir erhofft hatte.

Sie schrieb ihren Namen und eine Telefonnummer auf einen Zettel und reichte ihn mir.

»Wenn dir noch irgendetwas einfällt, egal was, dann melde dich bitte. Okay?«

Ich nickte und steckte den Zettel ein.

Mama gab der Frau unsere Ferienadresse und die aus Deutschland, dann konnten wir gehen.

Ich schlurfte ein bisschen hinter den anderen her und

kämpfte immer noch mit der Wut auf mich selbst. Irgendetwas musste ich doch gesehen haben. Ich war mir sehr sicher, aber ich kam einfach nicht drauf.

Immer wieder ließ ich die entscheidenden Sekunden vor meinem inneren Auge ablaufen.

Der Kerl hatte mich angerempelt. Ich hatte mich umgedreht und ihm hinterhergebrüllt. Er war schon ein Stück weit weg gewesen. In der einen Hand hatte er die Sammelbüchse gehabt. Ich hatte seinen Arm … Natürlich!

»Ich muss noch mal zurück«, rief ich und hatte auch schon auf dem Absatz kehrtgemacht.

Als ich abends im Bett lag, war ich in Gedanken immer noch bei der Seehundstation und dem Überfall. Nicht zu fassen, dass mir ein so wichtiger Hinweis beinahe nicht eingefallen wäre. Was für ein Glück, dass mein Charlie-Hirn sich endlich wieder aktiviert hatte.

Der Kerl hatte einen Anker auf seinen Arm tätowiert. Vielleicht war er ein Matrose? Hatten die nicht oft solche Tattoos?

Die Polizistin war auch froh gewesen, so hatten sie zumindest einen kleinen Anhaltspunkt, auch wenn es nicht viel war. Sie hatte gemeint, dass es vielleicht sogar eine Belohnung geben würde, wenn der Dieb mit meiner Hilfe überführt werden konnte.

Ich verschränkte die Arme hinter meinem Kopf und

träumte mit offenen Augen. Was das wohl für eine Belohnung sein würde?

Ich sah mich, wie irgendein wichtiger Mensch meine Hand schüttelte und mir etwas überreichte. Wir standen auf einer Bühne, vor einem großen Publikum, das nun in begeisterten Applaus ausbrach. Was hatte er mir denn überreicht?

Ich schaute genauer hin. Es war ein Pokal.

Charlie – Indiana Jones war auf dem Sockel eingraviert. Jetzt schaute ich zu dem Mann, der immer noch neben mir stand und mir begeistert die Schulter klopfte.

Beim schwingenden Schottenrock! Das war nicht irgendein Mann. Ich schluckte. Der echte Indiana Jones lächelte mich an und zwinkerte mir zu. Meine Knie wurden weich. Ich schluckte noch mal. Vor lauter Aufregung schüttelte es mich.

»Jetzt wach schon auf, Charlie!«, hörte ich Eves Stimme.

Wo kam die denn her? Stand Eve im Publikum?

»Aufwachen! Ich will an den Strand!«

Ich öffnete vorsichtig ein Auge. Dann das zweite.

Langsam wurde mir klar, dass Eve mich gerade sehr unsanft aus einem echt coolen Traum gerissen hatte.

Murrend drehte ich mich von ihr weg und zog mir das Kissen über den Kopf.

»Nichts da, du Schlafmütze!« Eve zerrte an dem Kissen.

Jetzt hatte sie es geschafft. Ich war endgültig wach.

»Okay, okay. Ich steh ja schon auf.« Mürrisch tappte ich barfuß ins Bad.

Eine halbe Stunde später eroberten wir den Strand. Bernhard zog den Bollerwagen, vollgepackt mit Liegestühlen, Decken, Handtüchern, Schaufeln und Kühltasche.

Zuerst hatte ich vorgehabt, einfach am Strand weiterzuschlafen, aber das war unmöglich.

Die Wellen tanzten am Ufer, sie rollten heran und schienen zu kichern, wenn sie sich wieder zurückzogen. Muschelschalen und Treibholzstücke glitzerten im feuchten Sand.

Mein großer Zeh wackelte vor Aufregung, weil er gleich ins frische Meerwasser tauchen würde.

Die letzte Restmüdigkeit war verflogen.

Eve und ich tobten im flachen Wasser. Wir spritzten uns gegenseitig nass und quietschten vor Vergnügen. Mama und Bernhard sahen uns von ihren Liegen aus zu.

Irgendwann hatte Eve die Nase voll.

Sie schmiss sich auf die Decke und ließ sich von Sonne und Wind trocknen.

Ich suchte noch ein bisschen Holz – das würde bestimmt tolle Figuren geben! – setzte mich dann neben Eve und bestaunte meine Schätze. Ein Stück Holz sah aus, als würde es ein perfekter Kobold werden. Das würde ich später gleich ausprobieren.

Mein Schnitzmesser hatte ich natürlich dabei. Das nahm

ich immer mit, wenn wir auf Reisen gingen. Leider hatte ich es nicht in die Strandtasche gepackt, sonst hätte ich direkt anfangen können.

Ich ließ mich auf den Rücken fallen und machte die Augen zu. Aber nur kurz. Dann riss ich sie wieder auf. Ich hatte einfach keine Geduld, hier zu liegen und in der Sonne zu schmurgeln.

»Wir wollten doch nach Colonock suchen!«, sagte ich und stupfte Eve meinen Zeigefinger in die Seite.

»Später«, kam die Antwort dumpf zwischen Eves Armen hervor, auf die sie ihr Gesicht gebettet hatte.

Ich wartete eine Weile. So zwei oder drei Minuten. »Wann später?«, fragte ich dann.

Eve hatte jetzt lange genug ausgeruht. Und außerdem hatte sie mich vorher auch nicht weiterträumen lassen.

»Schlafen kannst du in der Schule wieder«, stichelte ich, wobei ich natürlich genau wusste, dass Streber-Prinzesschen Eve nie im Unterricht schlafen würde.

Mama räusperte sich. Klar, das hatte sie natürlich mitbekommen. Ich grinste zu ihr rüber und wandte mich dann wieder Eve zu. »Och komm, Eve, jetzt sei nicht so langweilig.« Ich schippte ihr ein bisschen Sand über die Beine. Dann nahm ich eine Handvoll davon und ließ die Körner die Wade hinauf und den Oberschenkel entlangrieseln. »Kohooomm, aufsteeeehn!«

Endlich zeigte mein Quengeln Wirkung!

»Du gibst ja doch keine Ruhe. Also los. Wo sollen wir mit der Suche beginnen?«

»Aber geht bitte nicht zu weit weg. Nicht dass wir am Ende euch suchen müssen«, ertönte Mamas Stimme.

Sie hielt sich ihre Hand als Sonnenschutz über die Augen und hob den Kopf.

»Mama!«, protestierte ich. Manchmal behandelte sie mich wie ein kleines Kind. Ätzend!

Eve und ich schlugen den Weg zu den Dünen ein. Wir schlängelten uns durch Strandhafer und andere Gewächse, die ich nicht kannte.

Eine Möwe kam heran und beäugte uns neugierig. Als ihr klar wurde, dass wir nichts Essbares zu bieten hatten, drehte sie ab. Ein dicker Möwenschiss klatschte auf meine Schulter. Igitt!

»Musste das sein?«, rief ich dem Vogel hinterher. Antwort bekam ich aber keine.

Zum Glück waren wir ja am Wasser, so konnte ich mir die Schulter und den schmalen Träger meines Shirts abwaschen, der Stoff würde in der Sonne bestimmt schnell trocknen.

»Ob sich ein Brownie hier wohlfühlt?«, fragte ich, während wir weiter zwischen den Dünen einen Weg suchten. Ich schaute mich um. »Ich meine, das sind doch Hauskobolde. Die sind es gewohnt, unter der Türschwelle zu leben. Hier gibt es nur Sand und Gräser.«

»Ich frag mich eher, was er macht, wenn er merkt, dass wir

auf der Suche nach ihm sind«, sagte Eve. »Hast du vergessen, dass Marie uns gewarnt hat? Und nach allem, was sie von dem Kobold erzählt hat, der hier hausen soll, scheint er kein ausgesprochener Menschenfreund zu sein.«

Zitterte ihre Stimme etwa?

Ich warf ihr einen schnellen Blick zu und zog meine Augenbraue hoch.

Prinzesschen »Fürchte mich sehr« also wieder mal. An ihrem Mut mussten wir echt noch arbeiten.

»Hey, Eve, sag mal, hast du vergessen, dass wir ein echt gutes Team sind? Überleg mal, was wir schon alles geschafft haben, da wirst du dir doch wegen einem Kobold nicht in die Hose machen?« Ich gab ihr einen freundlichen Rempler. »Und außerdem sind Kobolde ja nicht blöd. Colonock spürt sicher, dass wir Freunde sind.«

Wieder blickte ich suchend umher. Vielleicht hatte Colonock sich eine Sandhöhle gegraben? Der Kobold tat mir richtig leid.

Kein Wunder, dass er so bösartig geworden war. Wenn ich ein Kobold wäre und die Menschen hätten mir so übel mitgespielt …

Mitten in meine Gedanken hinein, sah ich plötzlich etwas zwischen den Dünen, das mein Herz einen großen Hüpfer machen ließ.

Von wegen Sandhöhle!

Ich rannte los.

Rätselfrage: Was hat Charlie entdeckt?

Räuberalarm!

»Hey, warte!«, rief Eve. »Was ist denn jetzt schon wieder los?« Sie versuchte, mich einzuholen. Mein plötzlicher Spurt hatte sie überrumpelt.

Aber statt zu warten, rannte ich noch ein gutes Stück weiter. Bis zu der Stelle, an der sich die Büsche teilten und den Blick auf das freigaben, was ich zwischen Dünen und Grünzeug erahnt hatte. Ich hatte richtig gesehen!

Dann drehte ich mich um und schaute, wo Eve blieb. »Komm schon, los!«, feuerte ich sie an. »Schnell!«

»Mensch, Charlie …« Sie hatte mich erreicht, stützte sich auf ihren Knien ab und keuchte. »Mit dir Ferien zu machen, ist echt anstrengend«, sagte sie, nachdem sie wieder Luft bekam. »Dann hoffe ich mal, dass sich mein Schweißausbruch gelohnt hat. Was hast du entdeckt? Ein gestrandetes Piratenschiff? Einen Strandschatz?«

Ich schüttelte den Kopf. »Quatsch, Piraten gibt es hier nicht und wer braucht schon einen Schatz? Schau doch mal!« Ich zeigte auf die Hütte und wartete auf Eves Reaktion.

Sie folgte mit ihrem Blick meinem Zeigefinger, streifte die Hütte aber nur kurz. Dann verdrehte sie die Augen.

»Oh, hey, Leute, schaut mal. Charlie hat eine alte Hütte entdeckt! Wow!«, leierte sie in gelangweiltem Ton runter.

Oh Mann! Da verrutschten ja dem besten Spieler die Dudel im Sack. Das durfte doch nicht wahr sein! Heute war Eve das Blödschaf. Eindeutig.

»Eine alte Hütte. Eben. Du sagst es. Und? Wer wohnt in Hütten oder Häusern?«

Eves Hirn sträubte sich offensichtlich. Sie musterte die Hütte noch einmal und meinte: »So wie es aussieht, wohnt da niemand.«

Also ehrlich. Die frische Meeresbrise hatte Eve wohl den Kopf so freigepustet, dass er jetzt komplett leer war.

Die Charlie-Stimme in mir drin meldete sich und flüsterte: »So leer wie deiner gestern, als du den Dieb nicht festgehalten hast und ihn nicht mal beschreiben konntest, oder?«

Okay, okay. Wir hatten alle mal einen schlechten Moment.

»Eve, es könnte doch sein, dass Colonock gar nicht in die Dünen gezogen ist«, versuchte ich ihr auf die Sprünge zu helfen.

Keine Reaktion.

»Also ich meine, wie soll sich ein Hauskobold denn in einer Sandhöhle wohlfühlen?«, redete ich deshalb weiter. »Vielleicht hat er nur einfach ein anderes Haus gewählt? Eins, in dem er ohne Menschen wohnen konnte?«

Jetzt hatte sie kapiert. Sofort wurde Eve blass um die Nase. »Du meinst …?« Sie begutachtete die Hütte genauer.

Genauer – und ein bisschen so, als wäre es eine Bombe, die durch Betrachten gezündet werden könnte.

Eve machte zwei Schritte rückwärts. »Komm, lass uns lieber abhauen. Du weißt doch, was Marie gesagt hat. Brownies mögen es nicht …«

Hinter uns zerriss der Schrei einer Möwe die Luft. Eve zuckte zusammen und fuhr herum.

»Eve, bleib locker. Du glaubst doch nicht, dass ich jetzt einfach so wieder weggehe. Nichts da. Wir schauen uns die Hütte erst einmal richtig an. Vielleicht finden wir ja Hinweise auf einen Bewohner?« Ich konnte an Eves Gesicht ablesen, was in ihr vorging. Eigentlich wäre sie am liebsten zu Bernhard zurück – voll das Papa-Prinzesschen eben. Aber sie wollte sich vor mir auch keine Blöße geben.

Ein Ruck ging durch sie durch. »Weißt du eigentlich, dass mein Leben total ruhig und entspannt war, bevor du meine Fast-Stiefschwester geworden bist?«

Ich grinste und nickte. »Entspannt und stinklangweilig. Das glaub ich dir sofort.« Ich zwinkerte ihr zu. »Ohne mich hättest du echt was verpasst!«

Bevor sie antworten konnte, schnappte ich ihre Hand und zog sie hinter mir her. »Los jetzt. Lass uns mal schauen, was es hier zu entdecken gibt.«

Alles in mir kribbelte. Vielleicht würden wir gleich Colonock treffen?

Vorsichtig drückte ich gegen die Tür. Es knarrte und knarzte, aber sie klemmte.

»Hilf mir mal!«, forderte ich Eve auf.

Zu zweit und mit viel Anstrengung stemmten wir uns gegen das verwitterte Holz.

Erst schien es, als würde nichts passieren, dann gab die Tür auf einen Schlag nach und wir stolperten ins Hütteninnere. Cool!

Es musste eine Fischerhütte sein. Die Wände hingen voll mit allerlei Fischereiausrüstung. Alles total alt. Die Netze waren zum Teil zerrissen.

Seile, lange Stangen mit Haken und Schlaufen. Zwei Reusen, die ihre Funktionsfähigkeit auch schon länger hinter sich hatten. Auf einem Regal standen Eimer, Kannen und noch mehr Krimskrams.

Ich kannte viele der Gerätschaften, weil Opa mich schon oft mit zum Fischen genommen hatte. Aber auch wenn er nicht hightech ausgerüstet war, gegen den Kram hier war sein Angelzeug hochmodern.

In einer Ecke entdeckte ich eine Truhe. Sie war reich verziert mit kunstvollen Schnitzereien. Ich strich mit der Hand drüber und wischte den Staub weg, damit ich das Holz sehen konnte. Eiche. Wertvoll und sehr robust. Vielleicht war es einmal die Reisekiste eines Seemanns gewesen? Wobei es kein einfacher Matrose gewesen sein dürfte, dazu war die Kiste zu edel.

Natürlich versuchte ich sofort, den Deckel zu öffnen, aber er war mit einem alten verrosteten Schloss gesichert.

Mein Blick huschte von rechts nach links, ich versuchte alles in mich aufzunehmen. Gab es irgendwelche Anhaltspunkte, dass Colonock sich hier häuslich eingerichtet hatte? Würde er in einer verlassenen Hütte auch unter der Türschwelle wohnen? Woran erkannte man überhaupt, dass ein Kobold da war? Konnten die sich unsichtbar machen?

Ich wusste einfach noch viel zu wenig. Demnächst würde ich Marie besuchen, das nahm ich mir fest vor. Sie musste mir mehr über Kobolde erzählen.

Während ich den Raum inspizierte, blieb Eve mir die ganze Zeit dicht auf den Fersen.

»Hast du jetzt genug gesehen?«, fragte sie nach ein paar Minuten. »Das ist doch nur alter Kram. Und außerdem ist es echt staubig.« Zum Beweis hustete sie. »Komm, lass uns abhauen.«

Ich schüttelte den Kopf. »Bist du verrückt? Schau doch nur, was es hier alles gibt. Das ist total klasse!« Ich machte eine Handbewegung, mit der ich auf die ganzen *Schätze* in der Hütte deutete.

Durch das Fenster, in dem die Scheibe von feinen Rissen durchzogen war, schien die Sonne herein. Im Gegenlicht tanzten Staubpartikel und es wirkte irgendwie verwunschen.

Meine Nase sagte mir eindeutig, dass es hier ein Geheimnis zu erkunden gab.

Ich fand den Rest einer Drahtrolle und schnappte mir ein Stück. Vorsichtig stocherte ich damit in dem Schloss der Truhe herum. Vielleicht ließ es sich knacken?

Eve beobachtete mich.

Total unvermittelt gab es einen lauten Krach.

Wir warfen uns erschrocken herum!

Einer der Kescher war auf den Boden geknallt. Einfach so vom Haken gerutscht, an dem er bestimmt schon seit Jahrzehnten gehangen hatte.

»Ich will zu Papa«, hauchte Eve beinahe tonlos.

Ich nickte, allerdings nicht, weil ich zu Mama wollte, sondern weil ich dringend etwas zu besorgen hatte. Wir mussten Colonock zeigen, dass wir Freunde waren.

»Ja, lass uns gehen. Ich muss nach Hause.«

Auf dem Weg zurück fand Eve ihre Stimme wieder.

»Echt, Charlie, die Hütte ist unheimlich. Wenn du mich fragst, da spukt es!«

Ich grinste. »Und ich sage dir, das war Colonock. Ich weiß gar nicht, was du hast, er hat doch nur auf seine Art Hallo gesagt. Mehr nicht.«

»Ich hab gedacht, mein Herz bleibt stehen«, sagte Eve und hielt sich die Hand auf die Brust. »Wenn Kobolde mich so erschrecken, will ich lieber nichts mit ihnen zu tun haben.«

»Ach was. Das war doch nur ein kleiner Spaß. Eine freundliche Koboldereí. Bestimmt ist ihm fürchterlich langweilig, so ganz allein.«

Zurück am Strand, begrüßten uns Mama und Bernhard und wollten wissen, wo wir waren.

Ich gab Eve einen versteckten Seitenhieb und sagte: »Och, nur ein Stück den Strand entlang, in den Dünen.«

Man musste ja nicht immer gleich alles erzählen.

»Kann ich bitte den Hausschlüssel haben, ich hab mein Schnitzmesser vergessen.«

Eve wollte nicht mit, aber ich überredete sie.

»Wieso muss ich mit, wenn du dein Schnitzmesser holen gehst?«, protestierte sie immer noch, als wir schon fast am Haus waren.

»Ganz einfach, weil es nicht um mein Schnitzmesser geht, sondern um Milch und Kekse. Wir müssen gleich noch mal zur Hütte zurück.«

»Oh nein!«

Aber eine Prinzessin weiß, wann sie verloren hat. Also half Eve mir, Schälchen zu suchen, die wir hinstellen konnten.

Als ich die Haustür hinter uns ins Schloss ziehen wollte, stoppte sie mich.

»Du hast was vergessen!«

Vergessen? Wieso? Ich überlegte. Milch, Kekse, Schälchen, alles da.

Ratlos schaute ich zu Eve.

»Na, dein Schnitzmesser. Schön blöd, wenn wir gleich an den Strand zurückkommen und das, was wir holen wollten, nicht dabei haben.«

Oh lala! Manchmal war es echt nicht verkehrt, Eve an meiner Seite zu haben. In den Fettnapf wäre ich tatsächlich mit beiden Füßen gehopst.

»Gut mitgedacht«, lobte ich sie deshalb und Eve grinste.

Zurück an der Hütte stellten wir die Geschenke für Colonock unter das Fenster.

Dann zückte ich mein Smartphone und machte Bilder.

»Wieso fotografierst du denn den ollen Plunder?«, fragte Eve. Sie verlagerte ihr Gewicht von einem Bein aufs andere und fühlte sich sichtlich unwohl. »Können wir jetzt endlich gehen? Ich hab mir den Tag am Strand echt ein bisschen gemütlicher vorgestellt.«

»Ist ja schon gut. Fertig.«

Auf die Frage, wieso ich Fotos machte, gab ich ihr keine Antwort, das würde sie früh genug erfahren.

Den Rest des Tages verbrachte Eve dösend und in der Sonne schmurgelnd. Ich schnitzte.

Am nächsten Morgen machten wir endlich unseren Ausflug an den Loch Ness. Wurde aber auch echt Zeit!

»Was meint ihr, werden wir Nessi sehen?«, fragte ich und klatschte voller Vorfreude in die Hände.

Mama wiegte den Kopf hin und her.

»Ich weiß nicht, Charlie. Es sind so viele Menschen, die das Ungeheuer von Loch Ness schon gesucht haben. Ganze Forschertrupps haben den See durchkämmt. Und bislang konnte nie ein Beweis erbracht werden. Kein stichhaltiger zumindest.«

Unk. Unk. Unk.

Das wollte ich gar nicht hören.

»Ich glaube trotzdem, dass wir eine Chance haben. Ganz bestimmt!«, sagte ich und verschränkte meine Arme vor der Brust.

Bernhard kam mir zu Hilfe. »Man muss schon ein bisschen Abenteuerlust haben im Leben und auch an Dinge glauben, die schwierig scheinen«, sagte er zu Mama. »Wenn

Charlie ein gutes Gefühl hat, dann sollten wir ihr einfach vertrauen. Lassen wir uns überraschen! Ich jedenfalls fände es toll, die Entdeckerin von Nessi in der Familie zu haben.«

Die Entdeckerin von Nessi! Hach. Das hörte sich ziemlich cool an. Ich grinste vor mich hin und dachte wieder an den Indiana Jones aus meinem Traum.

Wir fuhren nach Süden, den River Ness entlang. Dann wurde der Fluss breiter, Loch Ness tauchte vor uns auf.

Dunkel und still lag er da. Die Hänge rundherum waren von dunkelgrünen Büschen bewachsen, die das Tageslicht zu schlucken schienen.

»Wollen wir erst einen Spaziergang machen oder mit einer Bootstour anfangen, um nach Nessi Ausschau zu halten?«, fragte Bernhard. »Wir könnten aber auch nach Drumnadrochit fahren und uns die Nessi-Ausstellung anschauen. Was meint ihr?«

»Bootstour«, antworteten wir dreistimmig.

»Drei Frauen, eine Meinung. Da mach ich gleich ein Kreuz in den Kalender!«, rief Mama und lachte.

Bernhard blinkte und fuhr auf einen Parkplatz.

Wir hatten noch Zeit, ein bisschen am See entlangzuschlendern, die nächste Fahrt startete erst in einer halben Stunde.

Dieses Mal war ich schlauer und stürmte auf dem Schiff gleich nach vorne. Einen Sitzplatz brauchte ich nicht, ich lehnte mich an die Reling und behielt das Wasser im Blick.

»Ich hab noch die Besichtigung von Urquhart Castle mitgebucht«, sagte Bernhard.

Als ich das Gesicht verzog, lachte er und zwinkerte mir zu.

»Wer keine Lust auf alte Gemäuer hat, kann von dort aus weiter das Wasser beobachten und Seeungeheuer suchen«, erklärte er. »Besonders gut sogar, denn von dort aus soll Nessi schon einige Male gesichtet worden sein.«

Na, da war ich beruhigt.

Die Lautsprecher knacksten, eine Stimme erklang und hieß uns herzlich willkommen. Der Sprecher wünschte allen Reisenden einen angenehmen Ausflug.

Während der Fahrt bekam ich von den Durchsagen nichts mehr mit. Ich war voll und ganz auf das Wasser konzentriert, das beinahe schwarz wirkte und geheimnisvoll. Ganz anders als das Meerwasser, das freundlich geglitzert hatte bei der Fahrt zu den Seehunden.

Hier auf dem See war es duster. Trotz Sonnenschein. Unheimlich. Eine Gänsehaut zog meine Arme hinauf.

Ob Nessi wohl gerade hochschaute und das Schiff über sich hinweggleiten sah? Wie groß das Seeungeheuer wohl sein mochte? Ob es ein Schiff verschlingen konnte?

Ich musste an die Geschichte von Pinocchio denken, der in einem Walbauch gelandet war.

Papperlapapp! Ich schüttelte den Kopf. Da hatte ich wohl heute ein bisschen Fantasiepulver im Frühstückstee.

Und außerdem war Nessi ganz bestimmt ein sehr freundliches Ungeheuer. Jedenfalls hatte ich noch keine Geschichten von verschwundenen Menschen oder Schiffen gehört.

Vor meinen Augen flimmerte das Schwarzgrün des Sees, ich brauchte eine kurze Pause.

Außerdem war es ein bisschen langweilig, nur auf die Wasseroberfläche zu starren. Ich hob den Kopf und blickte mich um.

Jetzt erst merkte ich, dass es um mich herum summte, wie in einem Bienenkorb. Direkt neben mir stand eine Familie, die französisch sprach. Amerikaner mit ihrer breiten Kaugummiaussprache konnte ich ebenfalls hören.

Auch Holländer und Japaner.

Ein bunt gemischtes Völkchen hatte sich hier an Deck versammelt.

Der Lautsprecher knackte wieder. Dieses Mal lauschte ich.

»Meine Damen und Herren. Wir bitten einen Moment um Ihre Aufmerksamkeit. In den letzten Wochen ist es zu unserem Bedauern in unserer Region immer wieder zu Diebstählen gekommen – auch während unserer Ausflugsfahrten. Deshalb bitten wir Sie um erhöhte Achtsamkeit. Halten Sie Ihre Wertsachen eng am Körper und achten Sie auf Ihre Taschen, Fotoapparate und Schmuck. Lassen Sie sich von der Warnung aber bitte nicht die Freude an dem

Ausflug nehmen. Wir wünschen Ihnen weiterhin eine angenehme Fahrt.«

Diebstähle. Genau wie in der Seehundstation. Ob es da einen Zusammenhang gab?

Automatisch fing ich an, die Menschen zu mustern. Genauer gesagt, die Arme der Menschen. Vielleicht hatte ja jemand ein Tattoo? Aber ich konnte nichts entdecken.

Nach ein paar Minuten erinnerte ich mich daran, dass ich eigentlich nach Nessi Ausschau halten wollte und nicht nach einem Taschendieb. Also beugte ich mich wieder über die Reling und suchte die Seeoberfläche ab. Das Schwarz schien noch undurchdringlicher geworden zu sein.

Ein paar Meter vom Schiff entfernt stiegen Bläschen auf. Sofort war ich alarmiert. Nessi? Konnte das sein?

Ich drehte mich nach rechts, um Eve darauf aufmerksam zu machen, die direkt neben mir stand. Aber das war gar nicht nötig, sie hatte es auch entdeckt. Ich hielt die Luft an.

Mama und Bernhard stellten sich zu uns.

»Na, Nessi schon in Sicht?«, fragte Mama und strubbelte mir durch die Locken. Sie nahm das einfach nicht ernst.

»Schau doch mal!«, rief ich und zeigte auf die Bläschen. Zum Glück fuhr das Schiff langsam, die Stelle war noch nicht weit weg.

Hinter uns erklang eine laute Männerstimme. Erst dachte ich, er hätte die Bläschen vielleicht auch entdeckt, aber er fing an zu schimpfen.

»Man hat mich bestohlen!«, rief er. »Mein Geldbeutel ist weg. Diebe!« Das Gesicht des Mannes hatte rote Flecken.

Ein Mitarbeiter der Crew kam zu ihm.

»Schauen Sie doch bitte noch einmal genau nach. Sind Sie ganz sicher, dass die Geldbörse weg ist?«

Der Mann, er sah mit Anzug und Krawatte überhaupt nicht aus wie ein Tourist, wechselte die Gesichtsfarbe von rot gefleckt zu dunkelrot.

»Wollen Sie mir etwa unterstellen, ich wüsste nicht, ob mein Geldbeutel weg ist oder nicht?«, brüllte er.

Er war so wütend, dass ihm der Zorn beinahe aus den Ohren qualmte.

Ich versuchte, gleichzeitig den Mann und das Wasser mit den Bläschen im Blick zu behalten. Von dem vielen Hin und Her war mir schon richtig schwindlig.

Im Wasser plätscherte es. Ich riss den Kopf herum und sah einen Taucher nach oben kommen.

Verdammt. Verdammt, verdammt! Das waren also die Bläschen gewesen. Von wegen Nessi!

Enttäuscht drehte ich mich zu dem Mann, der immer noch mit dem Mitarbeiter diskutierte. In der nächsten Sekunde wurde mir klar, dass es sich um einen Irrtum handelte.

Ich ging zu den Männern rüber.

»Sie können beruhigt sein«, sagte ich. »Es war falscher Alarm.«

Rätselfrage: Woher weiß Charlie, dass der Geldbeutel nicht gestohlen wurde?

Verfolgungsjagd

»Was mischst du dich denn hier ein, junges Fräulein?«, fauchte mich der Mann im Anzug an.

Woah. Was für ein Kotzbrocken!

Fast tat es mir leid, dass ich ausgerechnet dem helfen wollte. Aber da führte kein Weg dran vorbei.

»Ihre Brieftasche wurde nicht gestohlen«, sagte ich, ohne auf seine Frage einzugehen. Ich merkte, dass Mama hinter mir stand.

»Ach, und so ein kleiner Naseweis wie du will das wissen?« Er lachte kurz auf. »Geh mit deinen Puppen spielen.«

»Entschuldigen Sie, gibt es einen besonderen Grund für Ihre Unhöflichkeit?«, mischte sich Bernhard jetzt ein, der sich ebenfalls neben mich gestellt hatte.

Seine Stimme klirrte, als würden Eiswürfel aneinanderstoßen. Sein Mund war dünn und gerade wie ein Bleistiftstrich. Sein Gesicht schimmerte zwei Töne heller als normal.

Oha, so wütend hatte ich ihn noch nie erlebt und ich nahm mir vor, es nach Möglichkeit auch nie so weit kommen zu lassen.

Bernhards Auftreten beeindruckte auch den Mann. Er zuckte zusammen. Aber nur ganz kurz, so schnell ließ er sich nicht einschüchtern.

»Wurde Ihnen die Brieftasche gestohlen oder mir?«, fauchte er.

Das war genug. Ich wollte nicht, dass Bernhard sich auf einen Streit mit diesem ungehobelten Menschen einließ. Bevor er antworten konnte, löste ich die Situation auf. Von dem Kerl hatte ich echt die Nase voll.

»Weder noch«, sagte ich also und ging zu einem Seil rüber. Ich bückte mich und zog zwischen den Schlingen den gesuchten Geldbeutel hervor. »Der muss Ihnen aus der Tasche gefallen sein.«

»Das ist doch …«, stammelte der Mann und wischte sich über die Stirn. »Also ich weiß nicht …«

»Wie wäre es mit einem Danke?«, fragte Mama. Sie gab mir einen Kuss und sagte: »Gut gemacht, mein Schatz!«

Da der Mann echt nicht nach unserem Geschmack war, drehten wir uns um und ließen ihn stehen.

»Was für ein Unsympath«, meinte Bernhard, nachdem wir wieder an der Reling standen.

Ich kicherte. Ja, so konnte man es natürlich auch ausdrücken, wobei ich Kotzbrocken noch treffender fand.

»Dem hätte ich nicht geholfen«, meinte Eve und rümpfte die Nase.

»Doch«, widersprach ich. »Hättest du.« So gut kannte ich Eve. »Aber ich versteh schon, was du meinst. Verdient hat er es eigentlich nicht.« Ich nahm meine Wasserbeobachtung wieder auf. Keine Spur von Nessi.

Kurz darauf kam der Mann zu uns rüber. Er wischte sich die Hände an seinem Jackett ab und wusste nicht so genau, wo er hinschauen sollte. Am Ende blieb sein Blick an mir hängen.

»Entschuldigung«, sagte er. »Ich glaube, ich habe mich da etwas im Ton vergriffen – vorhin. Also, ich meine, ich war einfach so aufgebracht. Und – wie hätte ich denn ahnen können, ich meine, so ein kleines Mädchen ...« Er schüttelte den Kopf, griff in seine Tasche und streckte mir einen Geldschein hin. Fünfzig Euro! »Dein Finderlohn. Nimm! Und nichts für ungut.«

Nein. Das wollte ich nicht. Schnell verschränkte ich meine Hände hinter dem Rücken.

»Ich hab Ihnen nicht geholfen, damit Sie mir Geld geben. Das war einfach nur Glück.«

»Äh, ja, also ...« Der Mann müsste dringend mal an seiner Redefähigkeit arbeiten. Wenn er nicht motzte, stammelte er ja schlimmer als mein Relilehrer, und der kam während einer Schulstunde auf 198 Ähs! Das war Rekord!

»Wie wäre es, wenn Sie einfach Danke sagen und uns dann unseren Ausflug genießen lassen?«, schlug Mama vor.

»Ja, also dann. Ähm. Danke.«

Weg war er. Die fünfzig Euro hatte er beim Weggehen aber schnell noch Mama in die Hand gedrückt.

Die stand einen Moment verdattert da, dann zuckte sie mit den Schultern.

»Verdient ist verdient. Ich stecke es für dich ein, Charlie. In Ordnung?«

Ich nickte. Wenn er es so unbedingt wollte, sollte es mir recht sein. Mir würde bestimmt was einfallen, was ich mit dem Geld anstellen konnte, da war ich mir sicher.

Leider hatte ich jetzt schon wieder nicht nach Nessi Ausschau gehalten. So würde ich nie eine gefeierte Seemonsterentdeckerin werden.

Wir näherten uns dem Landesteg. Vor uns erhob sich Urquhart Castle.

»Von dort oben aus wurde Nessi bereits mehrfach gesichtet«, erzählte Bernhard, während wir über den Steg an Land gingen. »Die Burg liegt strategisch günstig, sie spielte eine wichtige Rolle während der Unabhängigkeitskriege«, erklärte er

weiter. »Das war im 14. Jahrhundert. Damals haben die Engländer versucht, das eigenständige Königreich Schottland zu unterwerfen. Die Schotten konnten die Übernahme verhindern, Schottland blieb noch rund 400 Jahre unabhängig und wurde erst im Jahr 1707 mit England vereinigt. Das passierte dann zwar nicht durch Krieg, sondern hauptsächlich aus wirtschaftlichen Gründen. Aber ganz ohne Kämpfe verlief es dennoch nicht.« Er hielt inne und schaute kurz zu Eve und mir. »Ich glaube, das genügt an historischen Fakten. Ihr habt schließlich Ferien. Auf jeden Fall könnten diese alten Mauern ganz sicher viele Geschichten erzählen.«

Er blickte zu der Burg hoch und ich konnte ahnen, dass sein Archäologenherz schneller schlug.

»Okay«, sagte ich. »Dann geht ihr beiden jetzt auf Spurensuche zur Geschichte und ich suche mir den besten Aussichtspunkt und spähe nach Nessi. Was machst du?«, fragte ich an Eve gewandt. »Hilfst du mir?«

Eve überlegte. »Ich gehe in den Souvenirladen und komme dann später zu dir.«

»Ich hätte einfach mehr Zeit gebraucht! Dann hätte ich Nessi auf jeden Fall entdeckt«, erklärte ich, als wir abends auf dem Nachhauseweg waren.

Der Ausflug an den Loch Ness war rundum gelungen gewesen – abgesehen von meinem Forscherpech. Aber ich würde auf jeden Fall wiederkommen – irgendwann.

Ich dachte daran, wie mein Herz gehüpft war, als ich den langen Schatten entdeckt hatte. Für ein oder zwei Sekunden war ich Nessi ganz nahe gewesen.

Dann hatte der Fisch einen Satz über das Wasser gemacht und war gleich darauf abgetaucht.

Eve hatte einen ganzen Stapel Nessi-Postkarten auf ihrem Schoß ausgebreitet, die sie in dem Souvenirladen erstanden hatte. Dazu kam noch eine Nessi-Schneekugel, die sie sich selbst geschenkt hatte. Mir hatte sie einen Nessi-Schlüsselanhänger mitgebracht. Total niedlich!

So eine Fast-Stiefschwester zu haben, hatte echt manchmal gute Seiten.

In der nächsten Nacht träumte ich nicht von Indiana Jones und auch nicht von Nessi. Nein. Es war Colonock, der mich im Traum besuchte.

Er war ein kleiner Bursche, ging mir etwa bis zum Bauchnabel, mit roten Strubbelhaaren, Sommersprossen und ziemlich großen Füßen. Und er hatte einen Spazierstock dabei, der gleichzeitig wohl auch so etwas wie ein Zauberstab war.

Ich sah Colonock in einem kleinen Ruderboot sitzen, das auf den Wellen tanzte. Er angelte. Aber nicht wie normale Fischer es tun. Oh nein. Er hielt einen Eimer Richtung Wasser, streckte seinen Spazierstock aus, blinzelte kurz, und schon war der Eimer randvoll mit zappelnden Fischen.

Ich wachte früh auf, die Sonne blinzelte gerade erst leise ums Eck. Aber ich war hellwach und voller Tatendrang! Leider nur ich. Eve grunzte unwillig und drehte sich von mir weg, als ich sie wecken wollte.

Okay, 5.30 Uhr war vielleicht auch wirklich ein bisschen früh. Da es keine Aussicht für mich gab, noch mal einzuschlafen, schnappte ich mir die Figur, die ich gestern angefangen hatte zu schnitzen, und mein Schnitzmesser.

Auf der Terrasse machte ich es mir in der Hollywoodschaukel bequem, zog die Beine hoch und konzentrierte mich auf das Holz.

Der große Künstler Michelangelo hatte einmal gesagt, dass die Figuren bereits im Stein vorhanden seien. Man müsse nur das Material entfernen, das nicht dazugehörte.

So ähnlich war das beim Schnitzen auch.

Das Problem war lediglich, zu erkennen, was zur Figur gehörte und was nicht. Und die Beherrschung des Werkzeugs.

Ein falscher Stich, einmal zu viel Druck, und schon hatte man keinen Vogel, sondern einen Frosch in der Hand.

Aber heute wollte ich weder Vogel noch Frosch. Ganz klar: Ein Kobold sollte es werden.

Ich war komplett in meine Arbeit versunken und erschrak, als Mama neben mir auftauchte. Ein voll beladenes Frühstückstablett in der Hand.

»Guten Morgen, mein Schatz«, sagte sie. »Du bist ja schon auf.«

»Guten Morgen, Mama«, antwortete ich und hielt meinen Kobold hoch. »Und, wie findest du ihn?«

»Klasse!« Sie nahm mir die Figur aus der Hand. »Genau so könnten sie aussehen. Witzig, die Knubbelnase!« Sie drehte das Stück Holz. »Der hat aber riesige Füße!«, rief sie dann und lachte.

Sie gab mir die Figur zurück.

»Er ist noch nicht ganz fertig. An ein paar Stellen muss ich noch mal ran. Und dann schleifen und ölen. Aber ich glaube, er wird ganz gut«, meinte ich nach einem weiteren prüfenden Blick und fing wieder an, die Figur zu bearbeiten.

Die letzten Feinheiten waren schnell erledigt, ich schaffte es noch, den Kobold zu schleifen, bevor ich mich zu den anderen an den Frühstückstisch setzte, den Mama liebevoll gedeckt hatte. Die Figur stellte ich auf den Tisch, neben meinen Teller und bewunderte sie immer wieder, während ich in mein Honigbrot biss und zufrieden kaute.

Das Ölen musste ich zu Hause in Deutschland machen, Öl hatte ich nicht eingepackt.

Opa würde begeistert sein, das wusste ich jetzt schon.

Nach dem Frühstück wanderten wir alle gemeinsam wieder an den Strand.

Ich konnte es kaum erwarten, endlich zur Hütte zu kommen. Ob sich was verändert hatte? Hatte Colonock das Geschenk angenommen? Würde er sich heute zeigen?

Eve sträubte sich. »Och nee, Charlie. Echt jetzt. Kannst du nicht einmal einen Tag einfach nur rumliegen und genießen?« Sie drehte sich vom Rücken auf den Bauch. »Ich will meine Ruhe. Und ich will braun werden.« Sie legte den Kopf auf ihre Arme und tat so, als würde sie schlafen.

Ich beugte mich zu ihr runter. »Sag doch gleich, dass du Schiss hast«, flüsterte ich ihr ins Ohr.

Treffer!

»Du bist unmöglich, echt!«, murrte Eve und hievte sich mit übertriebenem Ächzen auf die Füße.

Der Strand war schon gut bevölkert, Familien mit Kindern, Liebespärchen und ein paar einzelne Badegäste. Bunt gemischt.

Ich fing Satzfetzen auf, während wir uns einen Weg durch die Urlauber suchten. Als ob man kurz in fremde Familien schnuppern konnte. Witzig.

»Nein, Emil, nicht den Sand essen!«, rief eine junge Mutter und stürzte sich auf ihren Sohn. Der Kleine konnte gerade mal so mit wackeligen Beinen laufen und kiekste vor Vergnügen, als seine Mutter ihn hochnahm und herumwirbelte. Sein kleiner Körper sah aus wie paniert. Sandpaniert.

Die Szene hatte mich kurz abgelenkt, aber schon dachte ich wieder an die Hütte. Ob die Milch und die Kekse noch dastanden?

»Charlie!«, hauchte Eve einen unterdrückten Schrei. Sie stemmte ihre Füße in den Sand und krallte sich unsanft in meinen Oberarm.

»Hey!«, rief ich und versuchte mich aus ihrem Klammergriff zu befreien. Unmöglich. Eve ließ nicht locker.

»Schau mal«, sagte sie stattdessen. »Der Mann da vorne! Hast du den gesehen? Charlie, das ist der Dieb! Schnell, wir müssen was tun!«

»Wo?« Ich versuchte zu erkennen, welchen Mann sie meinte.

Endlich löste sie ihren Griff und zeigte nach vorne, etwas rechts von uns. »Der, der da so langsam zwischen den Liegestühlen Richtung Felsen geht«, erklärte sie.

Jetzt hatte ich ihn auch entdeckt. Die Größe und Statur könnten hinkommen, aber das traf auf viele Männer zu.

»Und wie kommst du da drauf?«, fragte ich deshalb.

»Das Tattoo. Er hat ein Tattoo am rechten Arm, genau so, wie du es beschrieben hast!«

Beim großen Indiana Jones, das musste er tatsächlich sein. Der Dieb! Und wie er hier herumschlich! Bestimmt war er wieder auf Beutezug!

»Los, den packen wir uns!« Ohne auf Eves Zustimmung zu warten, rannte ich los. Mit großen Sätzen sprang ich über Handtücher und eine Sandburg. Im Zickzack zwischen den Badegästen hindurch.

Eve folgte mir, ich hörte ihr Keuchen.

Noch ein paar Meter. Der Abstand verringerte sich. Und wenn wir ihn erst einmal geschnappt hatten, würden uns ganz bestimmt ein paar Badegäste zu Hilfe kommen. Wenn nicht, hätten wir ein Problem. Doch den Gedanken daran wischte ich fort. Erst einmal mussten wir ihn kriegen.

Ich drehte den Kopf nach hinten und rief Eve zu: »Halte du dich links, ich gehe rechts rum. Wenn wir von zwei Seiten kommen, kann er nicht abhauen.«

Eve nickte.

Als ich mich wieder nach vorne drehte, traute ich meinen Augen nicht: Der Kerl war weg! Fort. Futsch. Wie vom Erdboden verschluckt! Verdammt. Verdammt, verdammt! Das durfte doch nicht wahr sein. Wie konnte ein ausgewachsener Mann sich einfach so in Luft auflösen?

Eve und ich suchten die Dünen ab, schauten hinter jeden Busch.

Nichts. Als wären wir einer Fata Morgana hinterhergejagt. Aber das konnte nicht sein. Denn eine Fata Morgana war eine Spiegelung, die nur bei großer Hitze entstehen konnte. Und außerdem musste es dafür windstill sein. Meistens gab es so etwas in Wüsten. Das wusste ich, seit ich vor Jahren mit Mama zusammen *Jim Knopf* gelesen hatte.

Wütend stieß ich meinen Fuß in den Sand, dass er hochstob.

»Und jetzt?«, fragte Eve.

Ich schluckte meine Enttäuschung runter und erinnerte mich an meinen ursprünglichen Plan. »Jetzt gehen wir zur Hütte«, sagte ich.

»Och menno. Und ich hab schon gedacht, wir hätten ihn«, maulte Eve.

Tja, da hatten wir etwas gemeinsam. Ich konnte immer noch nicht begreifen, wie der Kerl das angestellt hatte.

Als die Hütte zwischen den Büschen aufblitzte, waren Dieb und erfolglose Jagd vergessen. Ich rannte los und warf mich mit Schwung gegen die Tür. Heute schaffte ich es alleine, sie schwang auf. Sofort sauste mein Blick unter das Fenster.

Milch und Kekse waren weg!

Ich zog mein Smartphone aus der Tasche und tippte auf den Button *Galerie*. Sorgfältig studierte ich das Bild und den Raum, wie er jetzt aussah.

Dann nickte ich zufrieden. »Wusst ich es doch. Colonock!«

Rätselfrage: Was hat Charlie beim Vergleich der Bilder entdeckt?
Finde die fünf Unterschiede!

Ein besonderer Fund

»Was wusstest du?«, fragte Eve und beugte sich neugierig über mein Smartphone.

Ich hielt es ihr hin, damit sie besser sehen konnte. Sie nahm es mir aus der Hand.

»Deshalb hab ich Fotos gemacht«, erklärte ich ihr. »Ich wollte wissen, ob in der Zwischenzeit jemand in der Hütte war. Und wie du siehst – es gibt Veränderungen.« Ich grinste sehr breit und zufrieden. »Das ist der Beweis«, sagte ich. »Colonock wohnt hier.«

»Aber …«, wollte Eve einwenden.

Doch ich unterbrach sie gleich. »Sag jetzt nicht, das könnte auch jemand anders gewesen sein«, wehrte ich ab. »Wer sollte sich schon in einer verlassenen Fischerhütte aufhalten, wenn nicht ein Kobold?«

Eve schwieg. Das deutete ich als Zustimmung.

Sie musterte Foto und Hütteninneres, verglich und sprang mit dem Blick immer hin und her. Dabei runzelte sie die Stirn, wie sie es bei schwierigen Aufgaben immer machte.

Es dauerte nicht lange, dann hatte sie die ersten Unterschiede entdeckt.

»Der Kescher hängt nicht mehr am Haken, sondern liegt am Boden. Das Netz ist in der Ecke zusammengeknüllt, das hing vorgestern auch noch an der Wand.« Sie überlegte und verglich wieder, dann redete sie weiter: »Hier!« Ihr Finger tippte auf das Display. »Die Kiste war staubig, als wir hier waren. Man sieht auf dem Bild noch, wo du mit der Hand drübergewischt hast. Heute ist sie ganz staubfrei. Und die Schälchen mit Milch und Keksen sind nicht nur leer, sie stehen auch rechts neben dem Fenster«, rief Eve.

Langsam, aber sicher stieg die Aufregung bei ihr, ihre Stimme wurde lauter. »Du hattest sie vorgestern direkt unter das Fenster gestellt.«

Gar nicht so schlecht, dachte ich. Auch wenn sie natürlich deutlich länger gebraucht hatte als ich.

Was ja kein Wunder war. Schließlich war ich die geübte Spurenleserin und nicht Eve.

Ich wartete, ob sie den letzten Unterschied auch noch finden würde. Das fiel mir nicht leicht, denn es kribbelte in meinen Fingern. Gerade dieser letzte Unterschied hatte meine Neugier gehörig angestachelt.

Eve grübelte lange. Nach einiger Zeit gab sie mir mein Smartphone wieder zurück. »Ich glaube, das war's«, meinte sie. »Mehr finde ich nicht.«

Tja, so leicht wurde aus einer Prinzessin eben doch keine Detektivin. Wie gut, dass sie mich hatte!

Ich schüttelte den Kopf. »Fast«, korrigierte ich und gab ihr eine kleine Hilfestellung. »Schau dir noch mal die Kiste an. Fällt dir nichts auf?«

Eve kaute auf ihrer Lippe, während ihr Blick zwischen Foto und Truhe hin und her sprang. Dann blitzte das Erkennen in ihren Augen auf. »Das Schloss!«, rief sie. Jetzt überschlug sich ihre Stimme beinahe. »Es liegt am Boden!«

Richtig. Das Schloss, das mir zwei Tage zuvor den Blick in die Kiste versperrt hatte, lag offen vor der Truhe auf dem Boden.

»Und wir können endlich reinschauen!«, ergänzte ich Eves Ausführungen.

Mit zwei Sätzen waren wir bei der Kiste. Gemeinsam hoben wir den schweren Deckel an und starrten in dunkle Leere. Nichts. Nicht das kleinste Krümelchen.

»Vielleicht war das Colonocks Wohnung und er hat seine Sachen weggeräumt, damit wir ihm nicht auf die Spur kommen?«, überlegte Eve halblaut.

Das glaubte ich nicht. »Dann hätte er doch einfach das Schloss zulassen können«, meinte ich und grübelte.

Was, wenn der Kobold wegen uns ausgezogen war?

Das wäre schrecklich. Wir wollten ihn doch nicht stören, nur kennenlernen.

Nein, ich stellte mir lieber etwas Netteres vor.

»Vielleicht hat er mitgekriegt, dass wir neugierig waren, und wollte uns eine Freude machen?«, stellte ich meine Vermutung in den Raum.

Dann drehte ich mich zur Tür und sagte: »Colonock, bist du da?«

Ich wartete. Keine Reaktion.

»Das war sehr nett von dir, die Sache mit dem Schloss«, sagte ich. »Vielen Dank! Ich meine, du kannst ja nichts dafür, dass die Kiste leer ist, aber jetzt wissen wir es zumindest.«

Ich kam mir ein bisschen albern vor, mit der leeren Hütte zu sprechen. Aber ich wollte unbedingt, dass Colonock Vertrauen zu uns aufbaute.

Eve stand neben mir. Ihr Gesicht wechselte zwischen Anspannung und Albernheit.

»Komm doch raus, lieber Colonock«, säuselte ich, so sanft ich konnte. »Wir würden dich wirklich gerne kennenlernen. Bitte!«

Jetzt war es um Eve geschehen. Sie platzte laut lachend heraus und prustete los: »Wenn dich jemand beobachtet, denkt er, du seist plemplem! Welcher normale Mensch redet schon mit einer leeren Hütte?« Sie lachte so sehr, dass ihr die Tränen kamen.

Erst war ich sauer, aber eigentlich hatte sie ja recht. Es wirkte tatsächlich albern. Und ihr Lachen war so ansteckend, dass ich einfach nicht anders konnte. Ich fing auch an zu lachen. Minutenlang gluckten wir und konnten erst damit aufhören, als die Luft knapp wurde. Wir japsten. Die letzten Lacher verklangen.

Ich schniefte und wischte mir mit dem Handrücken über die laufende Nase, weil ich kein Taschentuch dabeihatte.

Dann drehte ich mich wieder zur Tür. »Siehst du, Colonock«, sagte ich mit fester Stimme. »Wir sind zwei richtig fröhliche und harmlose Mädchen.«

Eve kicherte. »Harmlos und ein bisschen plemplem«, ergänzte sie.

Wir setzten uns nebeneinander auf die Kiste und warteten ab. Colonock zeigte sich nicht.

Ich gähnte. »Aber ich bin sicher, dass er hier ist«, sagte ich ungefähr zum hunderttausendsten Mal. Meine Augen wurden schwer. Wenn wir noch lange sitzen blieben, könnte ich für nichts garantieren. Das Locken von Schlummerland wurde immer stärker. Entschlossen holte ich tief Luft und streckte mich. »Komm.« Ich stupste Eve an. »Wir lassen ihm noch mal Kekse hier und schauen morgen wieder rein. Vielleicht braucht er einfach noch Zeit.«

Als wir ins grelle Tageslicht traten, mussten wir blinzeln. Ich streckte mich noch einmal. »Lass uns zu Mama und Bernhard zurückgehen. Ich hab einen Bärenhunger!«

Als wir losliefen, ließ uns nach ein paar Metern ein schauriges Geräusch erstarren.

Eve schlug sich die Hand vor den Mund.

Ich drehte auf der Hacke um und rannte zur Hütte. Mit aller Kraft stieß ich die Tür auf.

»Colonock?«, rief ich. Nichts. Alles lag schummrig und friedlich vor mir. Das Schälchen mit den Keksen war unberührt und auch sonst konnte ich kein Zeichen von Aktivität erkennen.

Wieder ertönte das Geräusch und fuhr mir bis ins Mark. Es kam von draußen! Es klang wie ein herzzerreißendes Weinen.

»Vielleicht ist ein Kind in Seenot!«, rief ich Eve zu und rannte in die Richtung, aus der ich den Ursprung des Klagens vermutete.

Trotz der sommerlichen Wärme überzog mich eine Gänsehaut. Hoffentlich kamen wir rechtzeitig!

Das Heulen wurde lauter.

Ich blickte mich um. Suchte die Wasseroberfläche ab. Aber konnte ein Kind, das am Ertrinken war, solche Geräusche von sich geben?

Eine Felsgruppe kam in mein Blickfeld. Eine kleine Insel, ein gutes Stück vom Strand entfernt.

Angestrengt kniff ich die Augen zusammen, um etwas erkennen zu können.

»Ich glaube, es kommt von dort drüben«, sagte Eve und zeigte zu der Insel, die ich auch gerade absuchte.

Und dann sah ich es. Ein Robbenbaby! Es lag auf einem der Felsen und heulte.

»Dort! Schau nur.« Ich zeigte zu dem Jungtier. Es musste in Not sein, so wie es schrie. Vielleicht war es verletzt? »Eve, wir müssen ihm helfen. Los, komm!«

»Charlie, nein. Das ist viel zu weit, wir können nicht bis dorthin schwimmen.«

Das hatte ich aber auch gar nicht vor. Ein paar Meter weiter hatte ich zwei Ruderboote entdeckt.

»Wir schwimmen nicht, wir rudern«, erklärte ich kurz angebunden und lief los.

»Aber wir können doch nicht einfach ein fremdes Boot nehmen«, jammerte Eve, während sie hinter mir herstolperte. »Was, wenn der Besitzer kommt und … Charlie, das ist Diebstahl! Wir kommen ins Gefängnis!«

Aber das ließ ich nicht gelten.

»Nein, ist es nicht. Das Tier ist in Not, es braucht Hilfe. Und wir wollen das Boot ja nicht stehlen, sondern nur ausleihen. Der Besitzer kriegt es wieder zurück. Und außerdem kommt man wegen Diebstahl nicht gleich ins Gefängnis.«

Das hoffte ich zumindest. Ganz sicher war ich mir allerdings nicht – das durfte Eve nur nicht mitbekommen.

Ich hatte eines der Boote erreicht und löste bereits den Knoten, mit dem es angebunden war. Schnell schwang ich einen Fuß über die Bordwand. Es schwankte, das Wasser schwappte.

»Warte. Ich komme mit«, sagte Eve.

Widerwillig stieg sie ein.

Ich stieß uns vom Ufer ab, zog das zweite Bein ins Boot und setzte mich schnell hin, um nicht das Gleichgewicht zu verlieren. Für ein unfreiwilliges Bad hatten wir keine Zeit. Die kläglichen Rufe des Seehundjungen spornten mich an. Sofort schnappte ich mir die Ruder und tauchte sie ins Wasser.

Auf dem Starnberger See war ich schon oft gerudert, aber das konnte man gar nicht vergleichen.

Obwohl die Wellen nicht riesig hoch schlugen, kam es mir so vor, als würde das Meer mit dem Boot spielen. Es hob uns in die Luft und ließ uns in der nächsten Sekunde so schnell hinunter, dass mein Magen sich anfühlte, als säße ich in einer Achterbahn. Ich schwitzte und kämpfte.

Eve merkte, dass ich Probleme hatte, und setzte sich neben mich. Zu zweit legten wir uns in die Riemen.

Das Boot schlingerte, wir hielten in Schlangenlinien auf die Felsgruppe zu.

Ein Schatten im Wasser erregte meine Aufmerksamkeit. Ein riesiger Schatten! Mir wurde schlecht vor Schreck. Nessi! Der Schatten sah genau so aus wie das Seemonster. Also so, wie ich es mir eben vorstellte.

Aber wie sollte Nessi hierher kommen? Der River Ness, fiel mir die Antwort auf meine Frage direkt ein. Der Fluss verband den Loch Ness mit dem Meer. Wieso sollte Nessi nicht dort entlangschwimmen können? Vielleicht gab es auch unterirdische Verbindungen? Auf jeden Fall war es gut möglich, dass das Ungeheuer von Loch Ness Ausflüge in die offene See machte.

»Charlie, jetzt mach!«, forderte Eve mich auf.

Ich merkte, dass ich vor lauter Nachdenken das Ruder hatte sinken lassen. Schnell zog ich wieder an, ließ dabei das Wasser aber nicht aus dem Blick. Von dem Schatten konnte ich keine Spur mehr sehen. Als ich schon befürchtete, dass meine Arme sich gleich in Pudding auflösen würden, hatten wir es geschafft. Mit leisem Knirschen fuhr das Boot auf einen schmalen Kiesstreifen auf.

Ich sprang raus und schlang das Seil um einen Stein. So schnell wie möglich kletterten wir den Felsen hinauf, bis wir das Seehundjunge im Blick hatten.

Eve wollte hinlaufen, aber ich hielt sie zurück.

»Hast du auf der Seehundstation nicht zugehört?«, fragte ich sie.

Eve schnaubte. »Was denn? Erst kann es dir nicht schnell genug gehen und jetzt willst du warten?«

Ich nickte. »Wir müssen das Junge beobachten. Es könnte sein, dass seine Mutter zurückkommt. Vielleicht ist sie nur auf Futtersuche.«

Das Jungtier heulte wieder lautstark, mir schnürte es den Hals zu, vor lauter Mitleid.

Eve hatte Tränen in den Augen. »Hör doch nur«, jammerte sie. »Es leidet. Wir müssen ihm helfen. Vielleicht hat es Schmerzen!«

»Ich glaube nicht, dass es verletzt ist«, beruhigte ich Eve. »Der Pfleger in der Station hat doch erzählt, dass allein gelassene Jungtiere ganz erbärmlich schreien können. Deshalb nennt man sie auch Heuler.«

Die Erklärung war zwar an Eve gerichtet, aber gleichzeitig versuchte ich, mir selbst gut zuzureden.

Am liebsten wäre ich nämlich genau wie Eve einfach zu dem Jungen gerannt und hätte es gestreichelt und beruhigt.

Aber das durften wir auf keinen Fall.

Ich dachte an meinen Opa und an Sam, meinen Aborigini-Freund aus Tasmanien, die mir beide viel über Natur und Tiere beigebracht hatten. Sie wären enttäuscht, wenn ich mich wie ein dummes Stadtkind benehmen würde und nicht wie eine Indiana-Jones-Charlie.

Wir harrten weiter aus. Eine Ewigkeit.

Ich behielt den Heuler im Auge und suchte nebenbei das Wasser ab. Manchmal glaubte ich, den Schatten zu sehen. Aber er huschte jedes Mal so schnell weiter, dass ich mir einfach nicht sicher war. Charlie auf der Spur des Seemonsters, haha, dachte ich. Da hatte ich den Mund wohl ein bisschen voll genommen, von wegen ich würde Nessi entdecken. Wenn es so weiterging, würde ich allenfalls ein Nessi-Stofftier fangen – in einem Laden.

Die Seehundmama tauchte nicht auf.

Wir beschlossen, dass genug Zeit vergangen war, und krochen ganz langsam auf den Heuler zu.

Dabei redeten wir leise auf ihn ein, versuchten, ihn zu beruhigen.

Mit seinen schwarzen Knopfaugen hielt er uns fest im Blick. Er drehte sich etwas zur Seite und bewegte seine rechte Flosse, als wolle er uns winken. Wenigstens war er durch unser Näherkommen so abgelenkt, dass er das Heulen vergaß. Seiner Größe nach zu urteilen, war er noch sehr jung. Ein paar Tage alt vielleicht.

Obwohl wir ihn gerne gestreichelt hätten, fassten wir ihn vorsichtshalber nicht an. Wir setzten uns nur neben ihn und erzählten ihm, dass wir ihm helfen würden.

Nachdem ich mich überzeugt hatte, dass er nicht verletzt war, fasste ich einen Entschluss.

Ich würde Mama anrufen und sie sollte Hilfe organisieren. Flugs zog ich mein Smartphone aus der Tasche. Tot. Der Akku war leer. Oh nein! Und nun? Ich überlegte.

»Was meinst du, Sammy?«, fragte ich das Seehundjunge. Wir hatten den kleinen Kerl kurzerhand Sammy genannt. »Eve bleibt bei dir und ich rudere an Land und alarmiere unsere Eltern. Einverstanden?«

Es würde nicht ganz einfach werden, alleine zu rudern. Wenn ich daran dachte, wie anstrengend es schon zu zweit gewesen war. Aber wir hatten keine andere Wahl. Ich musste es einfach schaffen!

Ich drehte mich zu Eve um, um zu sehen, was sie zu dem Plan meinte. Doch so weit kam ich nicht.

»Oh nein«, schrie Eve in dieser Sekunde los. »Wir sind verloren! Wir werden verhungern und verdursten.« Sie heulte beinahe so laut wie Sammy, als wir ihn gefunden hatten. »Charlie, ich will nicht sterben!«

Rätselfrage: Was ist mit Eve los?

Kinderbücher

ISBN 978-3-522-50351-8
Band 5 · 144 Seiten · 9,95 €

Ab 8

Irene Zimmermann

Die Zaubermädchen
1, 2, 3 Leonie & der verflixte Papagei

Leonie ist überglücklich: Sie darf sich in Tante Almas Abwesenheit um Schildkröte Klärchen und Papageiendame Mona Lisa kümmern. Aber dann büxt Mona Lisa aus! In ihrer Not verzaubert Leonie kurzerhand ihre Mathelehrerin in einen Papagei, doch kann sie Frau Sieben auch wieder zurückverwandeln? Das intensive Blau von Leonies magischem Ring wirkt nämlich plötzlich seltsam blass. Verliert der Ring etwa seine Zauberkraft?

ISBN 978-3-522-50352-5
Band 6 · 144 Seiten · 9,95 €

Ab 8

Jenny Schuckardt

Die Zaubermädchen
Jule und der Eulenzauber

Jule ist ganz aufgeregt: Zum ersten Mal darf sie bei ihrer Freundin Amelie in der alten Wassermühle übernachten. Als die beiden Mädchen auf dem Dachboden herumstöbern, finden sie ein geheimnisvolles Buch und eine kleine Eule, die diesen Schatz zu bewachen scheint. Jule spürt ein merkwürdiges Kribbeln im Bauch, als würde ein seltsamer Zauber das Buch umgeben. Doch seine Seiten sind leer – was das wohl zu bedeuten hat?

Gestrandet

War Eve etwa vom wilden Schotten gebissen?

Sie sollte nur eine Weile allein bleiben, wer redete da denn von sterben?

»Hast du einen Sonnenstich?«, fragte ich vorsichtig und versuchte, meine Hand auf Eves Stirn zu legen. Vielleicht hatte sie Fieber? Halluzinationen?

»Lass das!«, fauchte Panik-Prinzesschen und schob meine Hand weg. »Schau lieber mal selbst. Das Boot schwimmt weg!« Sie schluchzte und zeigte in Richtung offenes Meer. Tatsächlich: Da schaukelte unser Ruderboot vergnügt in den Wellen auf und ab.

Verdammt. Verdammt, verdammt! Wie hatte das passieren können? Hatte ich den Knoten nicht ordentlich festgezogen? Nein, ich war mir sicher, dass ich das richtig gemacht hatte. Ich konnte es mir nicht erklären.

»Du bist schuld. Bestimmt hast du das Seil nicht richtig festgemacht«, fing Eve auch gleich an rumzumeckern, als hätte sie meine Gedanken gelesen.

War ja klar.

»Ich hab einen ganz normalen Knoten gemacht. Keine Ahnung, wieso das Boot sich gelöst hat«, sagte ich und zuckte mit den Schultern.

Selbst wenn ich schuld wäre, es würde auch nichts an der Situation ändern. Wir saßen bis zur Nasenspitze in der Patsche. Und jetzt?

Okay. Keine Panik!, redete ich mir selbst gut zu. Es reichte, dass Eve bereits am Durchdrehen war. Wenn ich jetzt auch noch zeigte, dass ich Angst hatte, wären wir verloren.

Ob wir allerdings nicht verloren waren, nur weil ich Ruhe bewahrte, das stand auf einem anderen Blatt. Noch hatte ich keinen Schimmer, wie wir aus dem Schlamassel je wieder heil rauskommen sollten. Was für ein Mist!

Erst mal musste ich herausfinden, ob wir das Boot vielleicht noch einfangen konnten. Wenn es noch nicht zu weit rausgetrieben war, könnte ich vielleicht hinterherschwimmen?

So schnell es ging, kletterte ich den Felsen hinunter und rannte an den Wasserrand. Ich brauchte nicht lange zu überlegen.

Zwischen dem Ufer und dem Boot war schon ein ziemliches Stück Wasser. Ein ziemliches, ziemliches Stück sogar!

Wenn ich obendrein noch daran dachte, dass das Seemonster da irgendwo in den Tiefen herumschwamm.

Vielleicht hatte es genau auf die Gelegenheit gewartet? Auch wenn ich noch nichts davon gehört hatte, so mit vollem Körpereinsatz wollte ich dann lieber doch nicht testen, ob Nessi Kinder zum Fressen gern hatte.

Ich schauderte.

»Es ist weg«, erklärte ich Eve, die hinter mir hergekommen war und mich hoffnungsvoll anstarrte. »Keine Chance, es einzuholen.«

Sammy heulte wieder.

Stereo mit Eve.

Das war doch zum Kobolde-in-die-Flucht-Schlagen. Wie sollte ich bei diesem Lärm auch nur einen geraden Gedanken denken? Vom Rettungsplanschmieden ganz zu schweigen.

Klar war, wir saßen erst einmal fest.

Wie auch immer es dazu gekommen war.

Wie auch immer, dachte ich. Wie auch immer.

Und dann blitzte ein anderer Gedanke in mir auf.

»Colonock!«, rief ich.

Wieso war mir das nicht gleich eingefallen? Es lag doch auf der Hand! Er musste es gewesen sein.

Von wegen, ich hatte den Knoten nicht richtig geknüpft. Das war ein Koboldscherz!

Ich dachte an Marie.

Brownies werden rachsüchtig und bösartig, hatte sie gesagt. Genau wie Colonock.

Aber wir waren doch so freundlich zu ihm gewesen.

Wir hatten ihm Kekse und Milch gebracht, mit ihm geredet. Konnte es wirklich sein, dass sein Zorn auf die Menschen so tief saß, dass er Freundlichkeit nicht mehr annehmen wollte?

Im Gegenteil.

Dankte er unsere Freundlichkeit wirklich mit so bitterbösen Scherzen?

Mein Mund fühlte sich sehr trocken an, ich hatte Durst. Und Hunger – wie mein Magen direkt lautstark verkündete.

Tja, lieber Magen, da wirst du dich wohl noch etwas gedulden müssen, dachte ich.

»Was ist mit Colonock?«, fragte Eve zwischen ihren Schluchzern.

Meine Ohren dröhnten. So viel Geheule würde den tapfersten Schotten in die Knie zwingen.

»Lass uns zu Sammy gehen, damit er sich wieder beruhigt. Und du beruhigst dich auch mal, die Heulerei bringt uns nicht weiter. Wenn sich dann alle beruhigt haben, reden wir«, sagte ich deshalb.

Tatsächlich hörte der kleine Seehund auf zu heulen, als er uns sah.

Wir setzten uns neben ihn.

Auch Eve schluchzte nur noch leise.

Meine Ohren summten ein bisschen, aber der Düsenjet dort drinnen war gelandet.

»Also, was ist jetzt mit Colonock?«, fragte Eve.

»Wenn mich nicht alles täuscht, dann haben wir das mit dem Boot ihm zu verdanken. Ich glaube, er erlaubt sich einen dummen Scherz mit uns. Eine waschechte Koboldere«, erklärte ich Eve.

Inzwischen hatte ich keinen Zweifel mehr. Genau so musste es sein.

»Meinst du, er bringt das Boot zurück? Er kann uns doch nicht hier auf der Insel vertrocknen lassen, oder?« Eve schaute mich flehend an.

Zu gern hätte ich sie beruhigt, ihr versprochen, dass der Kobold wiederkommen würde. Aber das konnte ich nicht. Ich hatte keine Ahnung, wie weit Brownies mit ihren Scherzen gingen. Und außerdem wusste er vielleicht gar nicht, in was für eine gefährliche Situation er uns gebracht hatte. Brownies hatten ja ganz andere Kräfte und würden sich sicher selbst helfen können.

Hatte Colonock eine Ahnung, dass Menschen regelmäßig trinken mussten, um nicht zu verdursten?

Meine Zunge klebte inzwischen schon richtig am Gaumen und ich schluckte trocken, weil keine Spucke mehr da war.

Konnte Colonock sich vorstellen, dass die Entfernung bis zum Festland für uns unüberwindbar war?

Ich dachte an meinen Traum. An die lustige Art, wie der Kobold gefischt hatte. Vielleicht meinte er, es sei wirklich nur ein witziger Scherz und wir müssten eben an Land schwimmen, statt mit dem Boot zu fahren? Das schien mir viel wahrscheinlicher. Ich konnte und wollte mir Colonock einfach nicht durch und durch bösartig vorstellen.

Ich seufzte.

Diese ganzen Überlegungen brachten uns aber alle auch

nicht weiter. Die Versuchung, einfach mit Eve mitzuheulen, war ziemlich groß, aber das durfte ich nicht. Auf keinen Fall!

»Wir werden jetzt gemeinsam um Hilfe rufen«, sagte ich zu Eve. »Mit etwas Glück geht jemand am Strand spazieren und hört uns.«

Dumm nur, dass es ein einsamer Strandabschnitt war. Kein Sandstrand, der zum Baden einlud. Kein Pfad, auf dem man wandern konnte. Wer hier entlangkam, musste über Felsen klettern, durch Wasser waten und sich den Weg erkämpfen. Trotzdem. Eine kleine Chance war besser als keine.

Ich zählte an und auf drei schrien wir aus Leibeskräften um Hilfe. Wieder. Immer wieder.

Nach einigen Rufen machten wir eine Pause und lauschten auf Reaktionen. Nichts rührte sich. Nur das Murmeln und Plätschern der Wellen war zu hören. Und das leise Schnauben von Sammy.

Er war eingeschlafen – trotz unserer lautstarken Rufe.

Ich schüttelte den Kopf. Mein Hals kratzte schon. Lange würden wir die Brüllerei nicht durchhalten können. »Es ist besser, wenn wir das Ufer beobachten und nur rufen, wenn wir jemanden sehen«, schlug ich vor.

Eve nickte. Sie saß in sich zusammengesunken da und schien bereits aufgegeben zu haben.

So ging das nicht! Wenn wir uns selbst aufgaben, dann hatten wir wirklich verloren! Das würde ich nicht zulassen.

»Hör zu. Du bleibst hier sitzen und ich gehe mal runter ans Ufer. Vielleicht gibt es ein bisschen Treibholz, damit wir notfalls ein Feuer machen können.« Eve blieb regungslos sitzen. »Eve!«, schrie ich sie an. »Hör auf, in Selbstmitleid zu baden. Du musst das Festland im Blick behalten, während ich weg bin. Das ist wichtig!« Ich packte sie an den Schultern und schüttelte sie.

Sie blickte zu mir hoch. Ihr Blick war glasig.

Sie tat mir leid, aber ich konnte jetzt keine Rücksicht auf sie nehmen. Sie musste einfach mitmachen.

»Ich geh jetzt und du passt auf. Klar?« Meine Stimme klang fest und bestimmend. Widerspruch zwecklos, schwang zwischen den Worten hindurch.

Es wirkte. Eve setzte sich gerade hin und ihr Blick schien wieder wacher. Aufmerksam schaute sie zum rettenden Ufer, das so unerreichbar für uns war.

Ich sammelte das bisschen Holz zusammen, das ich finden konnte. Ein großes Feuer würde es nicht werden. Und ob ich es anzünden konnte, stand auch noch als großes Fragezeichen über mir.

Theoretisch müsste es gehen, trockenes Moos konnte ich vom Felsen kratzen. Dort gab es auch ein paar verlassene Vogelnester mit Federn drin. Einen Ast, den ich drehen konnte, hatte ich auch.

Aber ob ich es damit wirklich schaffen würde?

Einmal hatte ich es probiert, bei meinem ersten Besuch in Tasmanien. Damals hatte Sam es mir gezeigt. Aber obwohl ich alles genau so gemacht hatte wie er, hatte es bei mir nur mit seiner Hilfe geklappt.

Heute musste ich ohne Sam auskommen.

Automatisch tastete meine Hand nach dem Talisman, den ich an einem Lederband um den Hals trug. Ein Geschenk von Sam. Ich spürte die Metallscheibe unter meinen Fingern. Sie hatte Kreise und Striche drauf. Sam hatte gesagt, es sei ein Schutzsymbol. Ich atmete durch.

»Charlie, schnell, da ist jemand!« Eves aufgeregte Rufe rissen mich aus meinen Überlegungen.

Ich ließ Holz und Zunder fallen und sprintete den Felsen hinauf.

»Wo?«, rief ich. Aber bevor Eve antworten konnte, hatte ich die Gestalt bereits entdeckt.

Ein Mann lief geduckt zwischen den Strandbüschen herum. Ich kniff die Augen zusammen, versuchte, den Blick etwas schärfer zu stellen. Was ich entdeckte, verbesserte meine Laune allerdings nicht.

»Los, mach mit, wir rufen«, forderte Eve mich auf. Sie holte tief Luft. »Hiiiii…«

Mit einem Satz war ich bei ihr und presste meine Hand auf ihren Mund. »Schhh!«, machte ich. »Still, Eve!« Ich beobachtete sie. Würde sie meiner Aufforderung folgen?

Sie war zwar völlig verdattert, aber sie nickte.

Vorsichtig löste ich meine Hand von ihrem Mund.

Sie blieb stumm.

»Der Mann dort«, erklärte ich, bevor sie fragen konnte. »Das ist nicht irgendjemand. Es ist der Dieb!« Ich flüsterte, auch wenn es unwahrscheinlich war, dass unsere Stimmen bis zum anderen Ufer getragen würden.

»Echt?« Eves Augen waren kugelrund und vor Schreck ganz dunkel – wie schwarze Murmeln.

»Ja, echt«, sagte ich. »Ich hab seinen Arm gesehen. Da ist ein Tattoo drauf.«

»Oh.« Mehr brachte Eve nicht raus. Sie wurde blass, schluckte.

»Ich glaube nicht, dass er uns gehört hat«, beruhigte ich sie.

Während der ganzen Zeit hatte ich den Strand drüben nicht aus den Augen gelassen. Ich wollte wissen, was der Kerl vorhatte. Gerade drückte er die Hüttentür auf und ging hinein. War etwa dort sein Diebeslager? Aber wir hatten doch alles durchsucht, sogar die Kiste. Da war nichts! Oder hatten wir nicht genau genug geschaut?

Vielleicht würde Colonock ihm einen Empfang bescheren, der sich gewaschen hatte? Ich drückte die Daumen, hoffte, dass auf den Brownie Verlass war. Doch es geschah nichts.

Nach ein paar Minuten streckte der Mann den Kopf zur Tür raus. Er schaute nach links und rechts, vermutlich wollte er sichergehen, dass niemand ihn entdeckte.

Dann trat er ins Freie. Er kam zum Ufer, ging zu dem Boot und kratzte sich am Kopf.

Verdammt. Verdammt, verdammt!

Wenn er sich hier auskannte, wusste er, dass normalerweise zwei Boote dort lagen.

Schon schaute er auf, suchte das Wasser ab. Sein Blick schweifte über die Wellen und kam zu der Felsengruppe, auf der wir festsaßen. Er legte die Hand über die Augen.

Eve und ich hatten uns automatisch ein bisschen nach hinten bewegt. Wir duckten uns, versuchten, uns unsichtbar zu machen. Mit dem Felsen zu verschmelzen. Leider erfolglos.

Der Kerl musste Adleraugen haben. Er winkte und zeigte auf unser Boot, das inzwischen weit hinausgetrieben war. Jetzt kletterte er in das zweite Boot und ruderte mit starken

Zügen zu uns rüber. Bei ihm sah das ganz leicht aus. Obwohl die Wellen eher stärker geworden waren, pflügte das Boot locker durch sie hindurch.

»Charlie, was sollen wir machen?«, schrie Eve. »Er kommt! Wir müssen was tun, sonst kriegt er uns!« Panikattacke!

Allerdings konnte ich ihr das nicht verübeln, meine Knie waren ebenfalls so weich, als wären sie aus Wackelpudding. Was würde er mit uns machen? Uns den Fischen zum Fraß vorwerfen? Aber wieso kam er überhaupt? Wenn er uns einfach hätte sitzen lassen, wären wir dem Verdursten ausgeliefert gewesen. Inmitten von Trilliarden Litern Wasser. Was für ein Hohn. Leider konnte man Salzwasser eben nicht trinken.

Vielleicht war ihm das Risiko zu groß gewesen, dass uns doch noch jemand fand und rettete?

Während ich mir über seine Motive Gedanken machte, rückte das Unheil unaufhaltsam heran. Mit jedem Ruderschlag kam der Mann ein paar Meter näher. Nicht mehr lange, dann war unser Schicksal besiegelt.

»Eve, hilf mir, ein paar Steine zu sammeln. So einfach ergeben wir uns nicht!« Ich war bereit zu kämpfen. Durst und Hunger hatte ich verdrängt. Jetzt galt es, Kräfte zu wecken, die hoffentlich in uns steckten. Hoffentlich! Andernfalls sähe es duster aus.

Das Boot fuhr mit lautem Knirschen auf den Kies auf.

Eve und ich hatten die Hände voll mit Steinen und standen wurfbereit auf dem Felsen. Der Mann winkte. Er lächelte.

Ich beobachtete jede seiner Bewegungen. Dann ließ ich die Steine fallen und lachte lauthals raus. Von wegen duster! Für uns war gerade die Sonne aufgegangen! Der Mann machte ein paar Schritte auf uns zu.

»Bist du übergeschnappt?«, japste Eve. Sie hob den Arm, bereit, jeden Moment den ersten Stein zu werfen. »Charlie, los, du musst mir helfen. Alleine schaff ich das nicht!«

Ich schüttelte den Kopf und winkte ab. Reden konnte ich vor lauter Lachen nicht.

Rätselfrage: Wieso freut sich Charlie?

Joshua

Ich brauchte mehrere Anläufe, bis ich endlich sprechen konnte, ohne dass neue Lacher aus mir rausplatzten. Übermütig gab ich Eve einen Kuss auf die Wange.

»Schau dir mal den Arm an«, forderte ich sie auf. »Siehst du das Tattoo?«

Eve runzelte ihre Stirn und betrachtete den Arm.

»Ja. Genau wie bei dem Dieb«, sagte sie dann.

Der Mann war mittlerweile stehen geblieben und beobachtete uns aus der Entfernung. Er lächelte immer noch und wirkte sehr freundlich.

»Eben nicht!«, widersprach ich. »Überleg doch mal. Was war das für ein Tattoo?«

Eve dachte nach. »Ein Anker, oder?«, fragte sie und schaute wieder zu dem Mann am Ufer. »Aber … aber!« Vor lauter Aufregung stammelte sie und fing an herumzuhüpfen wie die Schotten beim Reel. »Das … das … ist … ein …«

»Kleeblatt«, ergänzte ich den Satz und nickte, um es zu bekräftigen. »Eben.« Ich musterte den Mann jetzt genauer.

Mit seinen braunen Locken und dem breiten Grinsen sah er richtig nett aus. Er trug Jeans und ein grün gestreiftes Shirt.

»Hey!«, rief er. »Ist das euer Boot da draußen? Habt ihr Probleme?«

Jetzt nicht mehr, dachte ich.

»Ja, hatten wir«, antwortete ich. »Aber wie es aussieht, sind wir wohl gerettet!« Ich überlegte und ergänzte dann: »Das heißt, doch, wir haben immer noch ein Problem: Sammy.«

Wie auf Kommando fing Sammy in diesem Moment wieder an zu heulen.

»Da ruft wohl jemand nach seiner Mama«, kommentierte der Mann den Lärm.

Primafein. Er kannte sich aus.

Inzwischen standen Eve und ich bei ihm am Ufer.

»Sie kommt nicht. Wir warten schon seit Stunden«, erklärte ich.

Er kratzte sich am Kinn. »Ein Heuler also. Da müssen wir Hilfe organisieren. Am besten fahren wir zurück und sagen in der Seehundstation Bescheid.« Er betrachtete uns prüfend. »Aber sagt mal, ihr wartet schon seit Stunden? Wissen denn eure Eltern, wo ihr seid?«

»Ja, nein, ähm«, stammelte ich. »Ich meine, eigentlich wollten wir nur kurz nach dem Heuler schauen, aber dann ist das Boot plötzlich abgetrieben und wir …« Den Rest der Erklärung sparte ich mir.

»Okay, dann ist es wohl eine glückliche Fügung, dass ich ausgerechnet hier meinen Schlafplatz gesucht habe«, meinte der Mann. Er streckte mir die Hand hin und wieder grinste er sehr breit. »Ich bin übrigens Joshua«, sagte er.

»Hallo, Joshua«, antwortete ich und schüttelte seine Hand.

»Ich bin Charlie und das ist Eve«, stellte ich uns vor. »Und der Kerl, der hier so einen Lärm veranstaltet, das ist Sammy.«

»Dann lasst uns mal schauen, dass wir aufs Festland kommen. So wie es aussieht, könnte es demnächst ungemütlich werden.« Sein Blick schweifte nach oben.

Da erst merkte ich, dass der Himmel sich zugezogen hatte. Nicht mehr blau mit Schäfchenweiß, jetzt herrschte ein Grauschwarz vor. Eine Wolkenwand türmte sich am Horizont auf und kam drohend näher. Aus der Ferne rollte ein dumpfes Grollen heran. Deshalb also die stärkeren Wellen.

Auweia. Wenn wir da noch alleine auf dem Felsen gesessen hätten … Ich rieb mir die Oberarme und fröstelte bei dem Gedanken daran.

»Einsteigen, die Damen«, forderte Joshua uns auf.

»Aber wir können Sammy nicht einfach alleine lassen«, protestierte ich.

Doch Joshua ließ das nicht gelten. »Sammy kann das Wetter nicht viel anhaben, uns schon. Der kleine Kerl wird ganz sicher nachher noch hier sein – wenn wir mit Hilfe zurückkommen.«

Ich fühlte mich nicht wohl damit, aber es blieb mir nichts anderes übrig.

Die Wellen tanzten inzwischen schon wieder ein gutes Stück höher, der Wind hatte einen Zahn zugelegt.

»Schaffen wir es überhaupt noch?«, fragte Eve und klammerte sich ängstlich an den Bootsrand.

»Keine Angst, Ladys. Joshua bringt euch sicher ans andere Ufer. Sicher, wenn auch vielleicht nicht ganz trocken«, ulkte unser Retter.

Meine Hilfe beim Rudern lehnte er dankend ab und legte sich lieber alleine in die Riemen.

Das Boot jagte über das Wasser und in null Komma nichts hatten wir unser Ziel erreicht. Gerade als die ersten dicken Tropfen fielen.

»Ab in die Hütte!«, rief Joshua.

Zu dritt rannten wir los. Atemlos und nur ein bisschen nass standen wir Sekunden später in der Hütte und lauschten dem Regen, der jetzt mit aller Macht auf die Erde prasselte.

»Und du wohnst hier?«, fragte ich. Ich musste lauter sprechen, um gegen das Unwetter anzukommen.

»Wohnen wäre vielleicht der falsche Ausdruck. Ich bin ein Globetrotter und suche mir – wann immer es geht – besondere Schlafplätze.« Er lachte und blickte sich in der Hütte um. »Und das hier scheint mir ein sehr besonderer Platz zu sein«, meinte er dann.

Oh ja, und wie!

Unauffällig schaute ich nach dem Schälchen mit den Keksen. Es stand unberührt an seinem Platz.

Ich überlegte, ob ich Joshua von Colonock erzählen sollte.

»Was ist denn ein Globetrotter?«, fragte Eve.

»Ein Weltreisender«, erklärte Joshua. »Letzten Monat war

ich in Südamerika. Davor habe ich Australien bereist und demnächst möchte ich Asien erkunden.«

»Asien ist bestimmt genial«, fiel ich in das Gespräch ein. Ich dachte an die vielen Rituale, die Drachen und kämpfenden Mönche. Das wäre bestimmt auch ein Reiseziel nach meinem Geschmack.

Während Joshua uns von seinen Reisen erzählte, ließ das Donnergrollen langsam nach, das Platschen des Regens war zu einem leisen Plätschern geworden.

»Ich glaube, jetzt können wir los«, meinte Joshua. »Eure Eltern machen sich bestimmt Sorgen.«

Es grollte wieder, doch diesmal war es kein Donner, sondern mein Bauch, der sich lautstark meldete und etwas zu essen forderte. Und jetzt kam auch der Durst zurück. Ich merkte wieder, wie sehr mein Mund pappte.

Entschlossen streckte ich Joshua meine Hand hin. »Vielen Dank, dass du uns gerettet hast, Joshua. Von hier aus brauchst du uns nicht mehr begleiten. Eve und ich kennen den Weg.« Aber damit kam ich nicht durch.

Joshua schüttelte den Kopf. »Oh nein. Ich werde doch nicht riskieren, dass euch auf den letzten Metern am Ende doch noch was zustößt. Nichts da. Ich bringe euch natürlich bis zu euren Eltern.«

Verdammt. Verdammt, verdammt! Bestimmt würde er direkt erzählen, in was für einer Lage er Eve und mich gefunden hatte. Da hätte ich keine Zeit, die Sache ein bisschen harmloser darzustellen. Ich wollte ja nicht lügen, aber wenn Mama gleich die ganze Geschichte hörte, würde es direkt noch mal ein Donnerwetter geben – ganz ohne Himmelsbeteiligung.

Aber es half nichts. Joshua lief mit uns mit.

Wir hatten erst ein paar Schritte getan, da hörten wir schon die Rufe.

»Chaaarliiiiie! Eeeeeeeeeeeve!« Eine Frauenstimme und eine Männerstimme. Oh weh. Sie suchten uns. Noch mehr Ärger.

Nach der nächsten Biegung standen wir Bernhard und Mama gegenüber. Mit einem Aufschrei riss Mama mich an sich. Eve flog in Bernhards Arme und schluchzte.

Oh nein, Papa-Prinzesschen machte mit ihrer Heulerei alles nur noch schlimmer.

»Wo wart ihr nur?«, fragte Mama auch schon. »Wisst ihr eigentlich, was wir uns für Sorgen gemacht haben?«

»Alles in Ordnung, Mama. Wir hatten nur ein kleines …« Wie konnte ich ihr das sagen, ohne dass sie in Ohnmacht fiel?

»Ein kleines …«, hakte Mama nach.

»Ein kleines Malheur«, mischte sich Joshua ein. »Keine Sorge, ihren Töchtern geht es gut.«

Mamas Gesicht wechselte zwischen Freude und Misstrauen. »Und wer sind Sie?«, fragte sie.

»Ich bin Joshua. Hallo.« Er schüttelte Mamas und Bernhards Hand. »Ihre Töchter haben einen Heuler gefunden und hatten ein Problem mit dem Boot. Das wollte wohl alleine auf große Fahrt gehen«, sagte er. »Aber keine Angst. Es ist nichts passiert. Den Mädchen geht es gut. Wir sollten uns allerdings um Sammy kümmern.«

»Und wer ist Sammy?«, fragte Bernhard.

Eve, die sich endlich beruhigt hatte, meldete sich zu Wort. »Na, das Seehundbaby. Oh, Papa, Sammy ist so goldig! Wir müssen ihm unbedingt helfen!«

Sehr gut. Das Gespräch lief besser, als ich zu hoffen gewagt hatte. Wenn wir uns jetzt gemeinsam auf die Seehundrettung stürzten, müssten wir nicht mehr über das Boot sprechen und keine unangenehmen Fragen beantworten.

»Wo ist er denn, euer Sammy?«, fragte Mama.

Alle zusammen liefen wir das kurze Stück zurück und

zeigten Mama und Bernhard die Felsgruppe, auf der Sammy immer noch lag.

Der Wind hatte gedreht. Das wurde mir klar, als ich das Ruderboot sah, das wieder etwas näher gekommen war. Joshua hatte es auch entdeckt.

»Ich werde das zweite Boot einfangen«, sagte er und lief los.

»Seid ihr etwa da rübergerudert?«, fragte Bernhard, der leider, leider eins und eins zusammengezählt hatte.

Mama schrie auf.

»Und dann ist euch das Boot abgetrieben?«, fragte sie. Sie wurde blass.

»Habt ihr eigentlich eine Ahnung, was für ein unglaubliches Glück ihr hattet?« Bernhards Stimme hatte eine gewisse Ähnlichkeit mit dem Donner von dem Unwetter kurz zuvor.

Ich duckte mich.

Eve fing wieder an zu heulen. »Es war schrecklich«, klagte sie. »Ich hatte solche Angst!«

Ich nickte. Indiana-Jones-Ehre hin oder her, hier war die Wahrheit gefordert. »Ich auch«, gab ich zähneknirschend zu. »Eine verdammte Angst!«

Eve riss ihre Augen auf. »Echt?«, rief sie. »Und ich hab gedacht, du bist so mutig!«

Ich grinste. »Einer musste ja die Nerven behalten«, erklärte ich ihr. »Aber Schiss hatte ich trotzdem.«

»Kinder, ihr seid wirklich unmöglich. Immer müsst ihr

irgendwelche Abenteuer erleben. Können wir nicht ein Mal verreisen, ohne dass ihr Kopf und Kragen riskiert?«, fragte Mama.

Ich hatte schon wieder Charlie-Oberwasser. »No risk, no fun«, sagte ich.

Sammys Heulen ersparte mir weitere Ermahnungen.

»Oje, das arme Tier«, sagte Mama.

Bernhard zog sein Handy aus der Tasche und sprach mit dem Leiter der Seehundstation.

Nach einem kurzen Wortwechsel beendete er das Gespräch.

»Sie kümmern sich drum. Was meint ihr, wollen wir mal eben was essen gehen und dann wiederkommen und die Rettung beobachten? Der Leiter der Station meinte, sie kämen in einer Stunde etwa. Und ihr wart lange unterwegs, ihr müsst ja am Verhungern sein.«

Essen! Was für ein himmlisches Wort. Inzwischen war ich so ausgehungert, dass ich mich sogar auf Haggis stürzen würde.

Joshua hielt mit unserem ausgebüxten Boot im Schlepptau schon wieder auf das Ufer zu.

Bernhard rief zu ihm rüber, dass wir kurz weg wären, aber gleich wiederkommen würden.

Joshua winkte und nickte.

»Pass bitte auf Sammy auf, ja?«, bat ich ihn noch.

»Marie hat uns zu einem Ceilidh eingeladen. Morgen Abend im Gemeindezentrum«, berichtete Mama eine halbe Stunde später, während wir alle am Tisch saßen und uns Spaghetti mit leckerer Tomatensoße schmecken ließen.

»Echt? Megaobergenial!« Vor lauter Begeisterung sog ich eine widerspenstige Nudel lautstark in den Mund.

»So ganz richtig?«, fragte Eve. »Mit Musik und Tanz?«

Bernhard nickte. »Keine Touristenaktion. Ganz traditionell. Musik, Tanz, Geschichten und Gedichte.«

»Ob Joshua auch mitdarf?«, fragte ich.

»Ich bin sicher, Marie wird nichts dagegen haben«, meinte Mama.

Als wir an den Strand zurückkamen, hatte das Rettungsboot gerade an der Insel angelegt. Joshua war auch drüben und half mit.

Sammy wurde in eine Kiste gepackt und an Bord gehievt. Armer Sammy. Bestimmt hatte er mächtig Angst.

Mama legte den Arm um mich. »Mach dir keine Sorgen. Deinem Sammy wird es sicher gut gehen.«

Ich schluckte die Tränen runter, die nach oben steigen wollten. »Ja«, sagte ich. »Es wird ihm gut gehen.«

Auf jeden Fall war er jetzt in sachkundigen Händen. Die Leute wussten, was ein Heuler brauchte, und würden sich um ihn kümmern.

Trotzdem fiel es mir schwer. Am liebsten wäre ich mitgefahren.

Das Schiff fuhr davon und Joshua kam zu uns gerudert.

»Sie bringen ihn nach Oban«, erzählte er. Er schwang sich mit beiden Beinen gleichzeitig an Land und zurrte das Seil fest. »Inverness hat keine Aufzuchtstation.«

Richtig. Das hatte ich völlig vergessen.

Deshalb war doch der Mitarbeiter mit der Sammelbüchse herumgelaufen.

Mit der Sammelbüchse, die der Dieb gestohlen hatte.

»Jetzt weiß ich, was ich mit den fünfzig Euro mache«, verkündete ich meinen spontanen Entschluss. »Die werden der Seehundstation gespendet, damit sie sich dort bald um Heuler kümmern können.«

»Gute Idee«, lobten Mama und Bernhard.

»Und wo ist Oban?«, fragte ich in die Runde. »Können wir Sammy dort besuchen?«

»Oban liegt an der Westküste Schottlands«, sagte Bernhard. »Es ist ein gutes Stück zu fahren, aber vielleicht machbar. Wir werden sehen. Ich schätze, dass es an die zweihundert Kilometer sein dürften. Erst einmal würde ich mich gern die nächsten Tage erholen.«

»Ein Besuch dort wäre toll«, versuchte Eve mich zu unterstützen. Aber Bernhard ging nicht darauf ein.

Er wandte sich an Joshua.

»Jetzt möchte ich mich erst einmal richtig bei Ihnen bedanken. Ohne Sie hätten unsere Mädels wohl echte Schwierigkeiten gehabt. Vielen Dank!«

Die Männer schüttelten sich die Hände.

Mama gab Joshua sogar einen Kuss auf die Wange.

»Ja, vielen Dank! Wir wissen gar nicht, wie wir das wiedergutmachen können.«

»Ach was, das hätte jeder getan. Kein Problem.« Joshua winkte ab.

Ich gähnte. Dieser Tag hatte es echt in sich gehabt. Die Müdigkeit sprang mich ohne Vorwarnung an.

»Ich glaube, unsere Heldinnen müssen ins Bett«, meinte Mama.

Das klang sehr verlockend.

Wir verabschiedeten uns von Joshua und versprachen, ihn am nächsten Tag zu besuchen.

Als wir in unseren Betten lagen, sagte ich schläfrig: »Vielleicht werde ich mich später einmal auf Meerestiere spezialisieren.«

»Na dann, viel Spaß mit den Quallen«, antwortete Eve und gähnte.

Mir fiel ein, dass wir Joshua noch gar nichts von dem Ceilidh erzählt hatten. Das mussten wir am nächsten Tag gleich nachholen. Dann war ich auch schon eingeschlafen.

Nach dem Frühstück konnte ich es kaum abwarten, bis wir endlich startklar waren.

Mama und Bernhard zog es an den Strand und Eve und ich wollten Joshua besuchen.

Ich war so gespannt, ob er vielleicht etwas von Colonock mitbekommen hatte. Hatte sich der Brownie neue Koboldereien ausgedacht?

Wir rannten das letzte Stück.

»Joshua, guten Morgen«, rief ich und klopfte an die Hüttentür.

Keine Antwort.

»Klopf fester«, sagte Eve.

Wir versuchten es gemeinsam. Nichts. So tief konnte er nicht schlafen.

Vorsichtig drückten wir die Tür auf.

»Joshua?«

Die Hütte war leer. Alles sah so aus wie immer. Nur ein

großer Rucksack war dazugekommen. Joshua hatte ihn an die Wand gelehnt. Die Schale mit den Keksen war leer.

Colonock oder Joshua? Ich würde ihn fragen – falls er auftauchte.

»Lass uns draußen nachschauen«, schlug ich vor.

Gerade als ich wieder ins Freie gehen wollte, fiel mein Blick auf etwas, das mich innehalten ließ. Mein Puls raste los.

»Eve!«, rief ich und zeigte auf meine Entdeckung.

Hatten wir eine neue Spur? War meine Idee gestern doch nicht so falsch gewesen?

Rätselfrage: Was entdeckt Charlie?

Strandparty

Bevor Eve begriff, was ich meinte, stürzte ich auf die rechte Ecke der Hütte zu und schob das Netz zur Seite.

Ich hatte mich nicht getäuscht!

Da war eine Klappe in den Boden eingelassen.

Ohne lange zu überlegen, zog ich das Brett an dem Metallring hoch, der als Öffner diente.

Weil wir uns gleichzeitig über das Loch beugten, knallten unsere Köpfe zusammen. Autsch! Ich rieb mir die Stirn, aber was sich da vor uns ausbreitete, war viel zu spannend, um der Beule weitere Beachtung zu schenken.

Ein Berg voller Geldbörsen, Uhren, Fotoapparate, Handys, Schmuck und – ich konnte es kaum glauben! – die Sammelbüchse der Seehundstation.

Alles lag in einem wilden Durcheinander auf dem Boden des kleinen Raumes, der unter die Hütte gegraben worden war. Vielleicht war es ursprünglich mal eine Vorratskammer gewesen? Jetzt jedenfalls war es das Versteck für Diebesbeute. Daran gab es keinen Zweifel.

»Wir müssen die Polizei rufen!«, flüsterte Eve.

»Ja«, flüsterte ich zurück – wobei ich mich gleichzeitig wunderte, wieso wir nicht normal sprachen.

Immerhin waren wir allein in der Hütte.

Auf jeden Fall hatte Eve recht. Die Polizei musste her! Nur wie? Mein Smartphone lag zu Hause, neben meinem Bett. Ich hatte gestern vergessen, es zu laden, und es heute Morgen erst an den Strom gehängt.

»Lass uns zu Mama und Bernhard laufen«, schlug ich deshalb vor. »Wir müssen uns aber beeilen. Und wir sollten unsere Spuren verwischen, das Netz wieder halb über die Klappe ziehen und den Staub verteilen.«

Falls der Gauner zurückkam, während wir die Polizei informierten, durfte er keinen Verdacht schöpfen. Er musste sich in Sicherheit wiegen.

Eigentlich wäre genau das sogar perfekt. Ich stellte mir vor, wie wir gemeinsam mit der Polizei die Hütte stürmten und den Dieb in flagranti erwischten. Total überrumpelt würde er sich ergeben. Der Chef der Polizei würde uns die Hände schütteln und uns danken.

»Charlie!«, flüsterte Eve. »Ich dachte, wir müssen uns beeilen, und jetzt träumst du!«, schimpfte sie.

Ups. Peinlich. Schnell ließ ich die Klappe wieder zufallen und zog das Netz darüber, damit es aussah, als wäre alles unberührt. Mein Blick fiel auf Joshuas Rucksack.

Beim verstimmten Dudelsack, das hatte ich ja vollkommen vergessen. Was, wenn der Dieb schon längst hier gewesen war und Joshua überwältigt hatte?

Hatte er ihn vielleicht gefesselt und irgendwo eingesperrt? Aber wo?

Die Hütte hatte nur einen Raum und kein Versteck, das groß genug wäre für einen ausgewachsenen Mann.

Vielleicht war Joshua aber auch einfach nur am Wasser und würde gleich gut gelaunt und völlig arglos dem Dieb in die Arme laufen, während wir Hilfe holten? Planänderung!

»Pass auf, Eve. Du musst allein zu Mama und Bernhard gehen. Renn, so schnell du kannst, hörst du? Ich werde draußen nach Joshua suchen. Wir müssen ihn warnen, er hat ja keine Ahnung, wie gefährlich es hier ist!«

»Das ist eine gute Idee. Ich beeil mich. Versprochen.« Eves Gesicht spiegelte Entschlossenheit.

Nur gut, dass sie so sportlich war. Sie würde wirklich schnell rennen, darauf konnte ich mich verlassen.

Ich schob die Tür auf und wollte schon einen Schritt hinaus machen, als ich eine Gestalt erspähte. Sie kam auf die Hütte zu und es war leider nicht Joshua!

Der Dieb! Sofort zog ich die Tür wieder zu und lehnte mich schwer atmend dagegen.

»Er kommt!«, brachte ich mühsam hervor.

Eve wurde schreckensbleich. »Charlie, wir müssen hier weg!«, jammerte sie. »Tu doch was!«

Würde ich ja gern. Aber was? Verzweifelt suchte ich den Raum ab. Gab es irgendeine Möglichkeit zur Flucht?

Das Fenster ließ sich nicht öffnen.

Wir könnten die Scheibe einschlagen, überlegte ich. Aber das war gefährlich. Erstens konnte man sich an Scherben schlimm verletzen und zweitens würde der Verbrecher es hören und uns sofort verfolgen. Das war keine machbare Möglichkeit. Wenn Weglaufen nicht ging, mussten wir uns wenigstens verteidigen. Immerhin hatten wir das Überraschungsmoment auf unserer Seite.

Ich fasste einen Plan. Mit Blicken und Händen gab ich Eve Zeichen. Flüstern traute ich mich nicht mehr, ich wusste nicht, wie nah der Dieb schon war.

Zum Glück kapierte Eve sofort. Zwei Sekunden später hatten wir beide das Netz in der Hand und standen rechts und links von der Tür. Ich mit etwas Abstand, um ausweichen zu können, denn die Tür ging nach innen auf.

Keine Sekunde zu früh standen wir in Position!

Schon wurde die Hüttentür aufgedrückt und ein Schwall Biergestank drängte an meine Nase.

Pfui Teufel! Hatte der Kerl etwa schon am frühen Vormittag getrunken?

Mehr konnte ich nicht denken, denn Eve und ich schmissen dem Mann das Netz über und sprangen auf ihn drauf. Dabei schrien wir wie eine Horde wild gewordener Schotten.

»Hey, was soll das?«, rief der Mann. Doch da lag er bereits völlig überrumpelt am Boden.

Seine Versuche, uns abzuschütteln, blieben erfolglos.

Ich hockte rittlings auf ihm drauf und hielt das Netz fest, damit er sich nicht daraus befreien konnte.

Der Dieb schimpfte derweil vor sich hin. »Ihr frechen Krabben. Na wartet, euch werd ich's zeigen. Wollt ihr mich wohl sofort loslassen!«

»Eve!«, keuchte ich. »Das Seil!« Ich nickte Richtung Hüttenecke. »Schnell!«

Eve ließ von dem Mann ab, der sofort versuchte, die Gelegenheit zu nutzen. Aber da kam sie schon wieder.

Wir zogen, zerrten, ächzten und keuchten.

Mir brach der Schweiß aus.

Aber wir schafften es. Kurz darauf lag das Paket gut verschnürt da, der Widerstand erlahmte.

Die Hüttentür knarzte. Mein Kopf fuhr herum. Hatte der Kerl einen Komplizen? Erleichtert blies ich die Luft aus, als ich Joshua erkannte. Er pfiff fröhlich vor sich hin, allerdings blieb ihm der nächste Ton auf den Lippen hängen. Er hatte uns entdeckt.

»Holla!«, rief er. »Und ich dachte, ich hätte Anglerglück gehabt. Aber wie es aussieht, habt ihr einen extradicken Fisch im Netz.«

Er stellte den Eimer ab, der in seiner rechten Hand baumelte. Die Angel legte er auf den Boden.

»Wollt ihr mir erzählen, was hier los ist?«, fragte er dann ganz ruhig.

»Helfen Sie mir!«, rief der Dieb. »Die Gören sind verrückt geworden!«

»Immer langsam mit den alten Schotten«, meinte Joshua und lehnte sich lässig gegen die Hüttenwand.

Er verschränkte die Arme vor der Brust und grinste. Die Situation schien ihn zu amüsieren.

»Ehrlich gesagt kann ich mir nicht vorstellen, dass Charlie und Eve grundlos Männer in Netze einwickeln. Von daher schlage ich vor, Sie sind jetzt erst mal still und Charlie erklärt mir, was passiert ist. Dann sehen wir weiter.«

»Und ich laufe zu Papa, damit er die Polizei verständigt«, sagte Eve und war auch schon draußen.

Während ich Joshua von den Diebstählen erzählte und die Bodenklappe öffnete, damit er einen Blick auf den Beuteberg werfen konnte, blieb der Gauner still liegen. Dachte ich jedenfalls.

Ein lauter Knall ließ mich herumfahren.

Eine alte Ölkanne, die auf dem Regal hinter dem Dieb gestanden hatte, war ihm mit vollem Karacho auf den Kopf geknallt. Mit einem Ächzen fiel der Kerl in Ohnmacht.

Ich sah, dass er eine Hand schon aus dem Netz befreit hatte, trotz unserer prima Seilwickeltechnik.

»Danke, Colonock«, sagte ich leise.

Joshua kratzte sich am Ohr und betrachtete mich nachdenklich. »Ob du mir wohl auch noch verraten wirst, wer Colonock ist?«, fragte er.

Stimmt. Das hatte ich gestern im allgemeinen Tohuwabohu komplett vergessen. Mit ein paar Sätzen erzählte ich also Colonocks Geschichte und wartete gespannt auf Joshuas Reaktion.

Würde er mich auslachen? Mich für verrückt erklären oder die Geschichte als Kinderkram abtun?

Weit gefehlt!

Joshua strahlte und klatschte in die Hände.

»Und ich hab schon gedacht, ich spinne!«, rief er. »Weißt du, die Hütte kam mir irgendwie merkwürdig vor. Da sind manchmal Dinge von der Wand gefallen, ohne dass ich was gemacht hatte. Meine Taschenlampe ging ständig aus, trotz neuer Batterien. Jetzt wird mir das klar. Das waren Koboldscherze!« Begeistert rieb er sich die Hände. »Hab ich nicht gesagt, dass ich besondere Schlafplätze liebe? Aber wer hätte gedacht, dass ich mir einmal eine Hütte mit einem Brownie teilen würde?«

Hätte ich Joshua nicht schon gemocht, spätestens jetzt wären wir Freunde geworden.

»Scheint, als würde Colonock deine Gesellschaft genießen«, meinte ich. »Sonst hätte er sich bestimmt gemeinere Koboldereien ausgedacht.«

»Wundert dich das etwa?«, fragte Joshua und machte ein empörtes Gesicht. »Ich bin doch ein netter Kerl, wieso sollte er was gegen meine Gesellschaft haben?«

Vielleicht hatte Colonock inzwischen ja verstanden, dass nicht alle Menschen Blödiane waren? Das wäre toll.

Draußen erklangen laute Stimmen. Wir öffneten die Tür und sahen Mama, Bernhard, Eve und fünf Polizisten auf uns zukommen.

Der Gauner stöhnte und kam zu Bewusstsein, nachdem ein Polizist ihm zwei Ohrfeigen verpasst hatte.

Die Diebesbeute wurde eingepackt und der Dieb abgeführt.

Bernhard vereinbarte einen Termin, wann wir zur Wache kommen sollten, um unsere Aussage zu machen.

»So!«, rief Joshua. »Nachdem meine Hütte jetzt vom Unrat befreit ist, wäre es doch genau die richtige Zeit für ein Fest, oder?«

»Da fällt mir ein, wir sind heute Abend zu einem Ceilidh eingeladen und wollten dich fragen, ob du mitkommen möchtest!«

Joshua freute sich. »Wie schön! Es wird mir eine Ehre sein, Mylady!« Er deutete eine Verbeugung an und ich kicherte. »Aber vorher machen wir eine Strandparty! Lagerfeuer mit fangfrischem Fisch. Seid ihr dabei?«

»Nur, wenn wir auch etwas beisteuern dürfen«, sagte Mama. »Treffen wir uns in einer halben Stunde wieder hier? Wir gehen schnell nach Hause und bringen Brot und Getränke mit. Einverstanden?«

Während Mama einen Korb mit Leckereien füllte, ging ich in mein Zimmer, zog etwas aus meinem Koffer und steckte es ein. Mein Smartphone, das jetzt wieder geladen war, nahm ich auch mit.

Als wir zur Hütte kamen, hatte Joshua bereits ein Feuer entfacht und die Fische auf lange Stöcke gespießt.

Wir setzten uns um das Lagerfeuer herum und Eve und ich mussten noch einmal die Geschichte erzählen, wie wir auf dem Felsen gestrandet waren und auch, wie wir den Dieb überwältigt hatten.

Mama unterbrach uns immer wieder mit kleinen und größeren Schreckensschreien. Aber sie hatte auch den Ich-bin-echt-stolz-auf-dich-Charlie-Blick drauf. Das tat gut.

Dann kamen wir an die Stelle der Geschichte, an der Eve und ich beinahe in Panik ausgebrochen wären.

Es war mir ein bisschen peinlich, als rauskam, dass wir Joshua in Verdacht hatten, der Räuber zu sein.

Aber der nahm es uns zum Glück nicht übel, sondern lachte nur herzlich darüber.

»Joshua, der wilde und gefährliche Räuber«, rief er übermütig und klopfte sich mit beiden Händen auf die Brust.

Alle lachten. Wir hatten es richtig gemütlich.

Die heranrollenden Wellen plätscherten, Möwen schrien und das Feuer knisterte fröhlich. So ließen sich Ferien aushalten.

Nachdem wir unseren Bericht beendet hatten, war Joshua an der Reihe. Er erzählte von seinen Reisen und dass er eigentlich Archäologie studierte, sich aber ein Jahr Auszeit genommen hatte.

Damit eroberte er auch noch den letzten Zipfel von Mamas Herz. Bernhard strahlte und klatschte begeistert in die Hände. Sofort fingen die drei an zu fachsimpeln.

Joshua berichtete, dass er in Asien ein Kloster besuchen wollte, bei dem es wohl einen besonderen Fund gegeben hatte.

»Demnächst geht es weiter. Mal sehen, ob es noch mehr

Mädchen gibt, die ich aus der Not retten kann«, ulkte er und zwinkerte Eve und mir zu.

Ich griff den Faden auf, das war der richtige Moment!

»Wir waren wirklich sehr erleichtert, dass du uns von der Felseninsel befreit hast«, sagte ich noch einmal. »Und deshalb habe ich ein Geschenk für dich.«

Mein Gesicht wurde heiß. Kam das vom Feuer oder wurde ich etwa rot?

Ich zog den Gegenstand aus der Tasche, den ich vorher aus meinem Koffer genommen hatte. »Ich bin noch nicht dazu gekommen, ihn zu ölen, aber das kannst du ja vielleicht selbst machen. Falls du ihn überhaupt magst.«

Gespannt behielt ich Joshua im Blick.

Staunend drehte er die Figur in seiner Hand. Seine Augen glitzerten vor Freude. »Charlie«, sagte er. Sein Mund ging noch zweimal auf und wieder zu, aber Joshua brachte kein Wort mehr heraus. Er stand auf, kam zu mir rüber und nahm mich in den Arm. Ganz fest drückte er mich an sich. Dann setzte er sich wieder und bestaunte den geschnitzten Brownie, den ich ihm geschenkt hatte. Endlich fand er auch seine Sprache wieder.

»Das ist das wundervollste Geschenk, das ich je bekommen habe«, versicherte er mir. »Hast du den ganz alleine geschnitzt?«

Ich nickte. Wieder merkte ich, wie mein Gesicht glühte. Dieses Mal aber vor Stolz!

»Lässt du mich noch ein Foto von der Figur machen?«, fragte ich. Das würde ich Opa zeigen. Und vielleicht konnte ich mir selbst ja einen ähnlichen Brownie schnitzen.

»Wo wir schon bei Geschenken sind …« Bernhard räusperte sich. »Nachdem ihr Mädchen wieder einmal so mutig wart, werde ich mit euch in den nächsten Tagen nach Oban fahren. Sammy besuchen«, verkündete Bernhard. »Ich finde, die Belohnung habt ihr euch verdient.«

Wir jubelten und Mama gab Bernhard einen Kuss.

Abends trafen wir uns im Gemeindehaus. Das Ceilidh war genau so, wie ich es mir vorgestellt hatte.

Es wurde viel gelacht, getanzt und gesungen.

Marie wirbelte ausgelassen mit einem Mann herum, der ungefähr tausend Jahre alt sein musste und nur noch einen Zahn im Mund hatte. Sie warfen ihre Beine in die Luft, als wären sie Teenager, klatschten im Takt und hatten einen Riesenspaß.

Erst schauten wir nur zu, aber es dauerte nicht lang, dann fingen unsere Füße auch an zu zucken. Die Musik lockte und verführte uns. Es gab kein Halten mehr!

Joshua zog Eve und mich an den Händen auf die Tanzfläche und wir reihten uns ein.

Verschwitzt und glücklich tranken wir später eine Limo und versuchten, wieder zu Atem zu kommen.

Es vergingen noch zwei sehr entspannte Tage am Strand und dann war es so weit. Die Fahrt nach Oban stand an.

Bernhard lud Joshua ein, uns zu begleiten. Aber er wollte nicht. Stattdessen meinte er, für ihn wäre es Zeit, weiterzuziehen.

Der Abschied fiel uns nicht leicht, aber Joshua versprach, uns eine Karte zu schicken, wenn er in Asien war. Und er gab uns eine Postfachadresse, damit wir ihm auch schreiben konnten.

»Danke noch mal für den Brownie, Charlie«, sagte er noch. »Der wird mich künftig immer begleiten und an zwei ganz besondere Mädchen erinnern.«

Dann fuhren wir los. Joshua winkte uns hinterher.

»Das sind richtig tolle Ferien!«, sagte Eve, und ließ sich zufrieden in das Polster der Rückbank sinken. »Schottland ist klasse!«

»Stimmt. Nur das mit Nessi hat leider nicht geklappt. Aber einem Seemonster auf der Spur zu sein und stattdessen einen Dieb gefangen zu haben, ist so schlecht auch wieder nicht, was meinst du, Eve?«

Wir grinsten uns an.

Sammy war putzmunter. Er schwamm fröhlich mit seinen Kumpels und legte sich dann genüsslich in die Sonne.

Genau so hatte ich es mir gewünscht.

»Und weil ihr das mit dem Dieb super gemacht habt, gibt es noch eine kleine Überraschung für euch«, sagte Mama und führte uns zu einem kleinen Stehpult.

Bernhard griff zwei Blätter, die dort lagen, und streckte sie uns hin.

»Das ist für euch. Bettina und ich haben stellvertretend für euch die Patenschaft für zwei Jungtiere übernommen. Wenn ihr wollt, dürft ihr den Kleinen Namen geben.«

»Echt?«, fragten Eve und ich gleichzeitig.

Dann jubelten wir.

»Danke, Papa! Danke, Bettina!«, rief Eve.

»Vielen Dank!«, sagte ich.

Ich freute mich riesig.

Seehundbabypatentante. Cool!

»Und, habt ihr schon eine Idee, wie eure Patenkinder heißen sollen?«, fragte Mama.

Ich musste nicht lange überlegen.

»Klar, ich hab einen Namen!«, rief ich. »Aber wer ihn wissen will, muss raten!«

Schnell nahm ich mir Zettel und Stift und notierte den Namen.

Natürlich in Geheimschrift!

🔍 Rätselfrage: Wie nennt Charlie ihren Heuler?

Unsere Patenseehunde waren superniedlich. Eve nannte ihren Kleinen Benjamin. Sie hatte einmal mitbekommen, dass Benjamin »der Jüngste« bedeutet, und ihr Patenkind war das jüngste Findelkind in der Gruppe.

»Wie bist du denn auf deinen Namen gekommen?«, fragte sie mich, als wir am nächsten Tag gemeinsam zur Hütte liefen.

»Joshua hat mir verraten, dass er mit Zweitnamen Jeremias heißt. Ich finde den Namen total schön.«

»Ob er wohl schon in Asien ist?«, fragte Eve.

»Kann schon sein«, antwortete ich. »Bestimmt erlebt er dort auch wieder tolle Abenteuer.«

Fast war ich ein bisschen neidisch. Aber Eve und ich würden bestimmt auch bald wieder etwas Spannendes erleben. Mama meinte, wir würden die Abenteuer magisch anziehen.

»Jetzt schauen wir aber erst mal nach Colonock«, sagte ich und drückte die Hüttentür auf. »Bestimmt wartet er schon auf seine Kekse und die frische Milch.«

Die Schälchen waren wieder leer.

Eve und ich füllten alles auf, dann setzten wir uns auf die Truhe und erzählten Colonock von unseren Patenkindern.

Und davon, dass der Dieb jetzt im Gefängnis saß.

Auch wenn Colonock sich nicht zeigte, wir waren sicher, dass er hier seine neue Heimat gefunden hatte.

»Mach's gut, Colonock«, rief ich später zum Abschied in die leere Hütte. »Bis bald!«

Dann zog ich die Tür hinter mir zu.

Welches Tier, das man auch an der schottischen Küste beobachten kann, nennt man den »fliegenden Clown«?

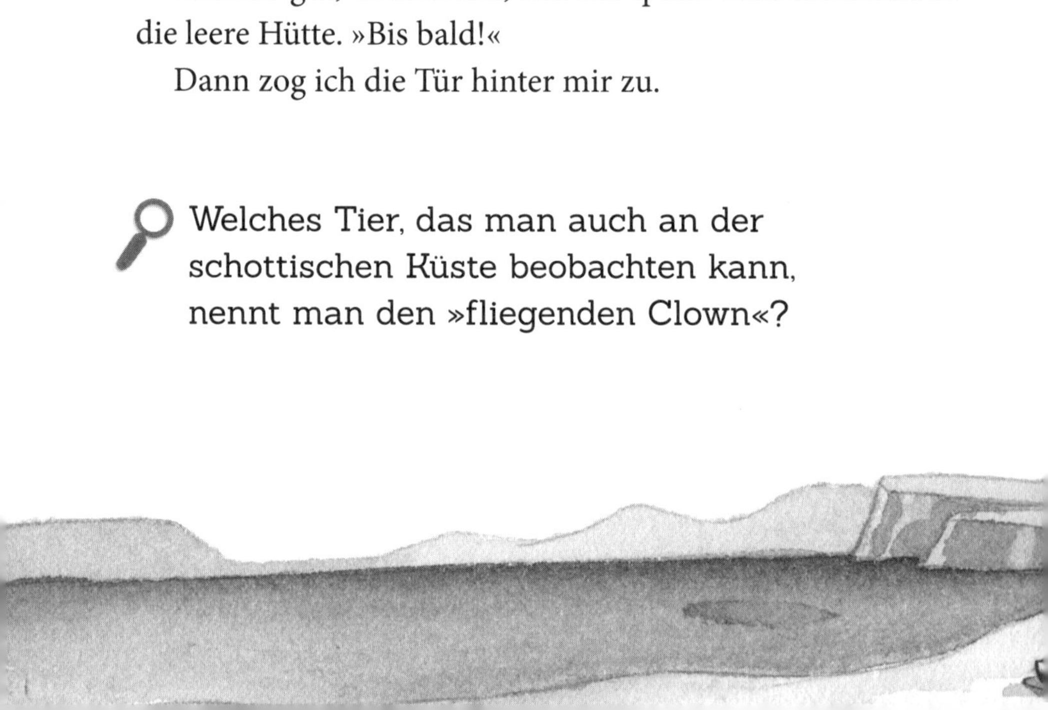

Suche das Lösungswort!
Willst du wissen, welches Tier Charlie gerade zum Kichern bringt? Dann schaue dir die Bilder im Buch noch einmal ganz genau an und sammle die dort versteckten Buchstaben. Schreibe alle Buchstaben auf einen Zettel und bringe sie in die richtige Reihenfolge. Dann weißt du, um welches Tier es sich handelt.

Ein kleiner Tipp:
Das Lösungswort hat sechzehn Buchstaben.

Die Auflösung findest du auf der nächsten Seite.

Lösungswort

Papageientaucher

Der Papageientaucher gehört zur Gruppe der Alkenvögel. Er wird ca. 30 cm groß und hat eine Flügelspannweite von bis zu 60 cm.

Sein Obergefieder, Hals und Kopf sind schwarz, das Gesicht weißgrau und die Augen dunkel. Die Unterseite ist weiß. Der Papageienvogel hat einen auffälligen dreieckigen Schnabel, der blaugrau, orange, gelb und rot gemustert ist.

Seine Beine und Füße sind rot, zwischen den Zehen hat er Schwimmhäute und seine Krallen sind kräftig.

Der Papageientaucher nimmt den Schnabel gerne mächtig voll, er kann gefangene Fische gegen gekrümmte Dornen im Schnabel drücken. So können sie nicht rausfallen, wenn er nach dem nächsten Fisch schnappt. Auf diese Weise können schon mal 50 und mehr Fische in so einem bunten Schnabel landen.

Die Lösungen für alle Rätsel im Buch findest du auf unserer Homepage unter:
www.planet-girl-verlag.de auf der Buchseite von »Charlie – Auf der Spur des Seemonsters«

Oswald, Susanne:
Charlie – Auf der Spur des Seemonsters
ISBN 978 3 522 50394 5

Gesamtausstattung: Markus Zöller
Einbandtypografie: Zero Werbeagentur
Innentypografie: Eva Mokhlis
Schrift: Minion Pro, Smilage, Sanchez
Satz: KCS GmbH, Buchholz/Hamburg
Reproduktion: Medienfabrik, Stuttgart
Druck und Bindung: GGP Media GmbH, Pößneck

5 4 3 2 1° 14 15 16 17